Student Activit

ESPACIOS

Nuria Alonso García
Contributor

Lynn A. Sandstedt | Ralph Kite

Australia • Brazil • Japan • Korea • Mexico • Singapore • Spain • United Kingdom • United States

ISBN-13: 978-1-285-05282-3
ISBN-10: 1-285-05282-X

Heinle
20 Channel Center Street
Boston, MA 02210
USA

Cengage Learning is a leading provider of customized learning solutions with office locations around the globe, including Singapore, the United Kingdom, Australia, Mexico, Brazil, and Japan. Locate your local office at **www.cengage.com/global**

Cengage Learning products are represented in Canada by Nelson Education, Ltd.

For your course and learning solutions, visit **www.cengage.com/heinle**

Purchase any of our products at your local college store or at our preferred online store **www.cengagebrain.com**

Printed in the United States of America
1 2 3 4 5 6 7 16 15 14 13 12

Contents

Nombre____________________ Fecha__________ Clase__________

CAPÍTULO 1 Ayer y hoy

Ejercicios de laboratorio

Vocabulario CD1, Track 2

You will hear six definitions. Choose the word that matches the definition you hear. You will hear each definition twice.

1. a. convertir b. contribuir c. adoptar

2. a. pueblo b. habitante c. tribu

3. a. siglo b. costumbre c. mezcla

4. a. desarrollar b. influir c. convertir

5. a. mezcla b. lengua c. gobierno

6. a. península b. pueblo c. costumbre

Diálogo CD1, Track 3

Listen to the following conversation.

You will now hear some incomplete sentences, each followed by three possible completions. Choose the most appropriate completion and circle the corresponding letter in your lab manual. You will hear each sentence and its possible completions twice. Now begin.

1. a b c

2. a b c

3. a b c

4. a b c

5. a b c

Now repeat the correct answers after the speaker.

Estructura

A. The present tense of regular verbs CD1, Track 4

Listen to the base sentence, then substitute the subject given, making the verb agree with the new subject. Repeat the correct answer after the speaker.

Modelo A veces Pablo no responde.
Yo
A veces yo no respondo.

1. ____

2. ____

3. ____

Nombre________________ Fecha________ Clase__________

B. More regular verbs CD1, Track 5

Restate the sentence you hear, changing the verb to the first person singular. Then, repeat the correct answer after the speaker.

Modelo Siempre asistimos a la clase de español.
Siempre asisto a la clase de español.

1. ____________________
2. ____________________
3. ____________________
4. ____________________
5. ____________________
6. ____________________
7. ____________________
8. ____________________
9. ____________________
10. ____________________

C. Verbs with a stem change from *e* to *ie* CD1, Track 6

Listen to the base sentence, then substitute the subject given, making the verb agree with the new subject. Repeat the correct answer after the speaker.

1. ____________________
2. ____________________
3. ____________________
4. ____________________

D. Verbs with a stem change from *o* to *ue* CD1, Track 7

Listen to the base sentence, then substitute the subject given, making the verb agree with the new subject. Repeat the correct answer after the speaker.

1. ____________________
2. ____________________
3. ____________________

E. Verbs with a stem change from *e* to *i* CD1, Track 8

Listen to the base sentence, then substitute the subject given, making the verb agree with the new subject. Repeat the correct answer after the speaker.

1. ____________________
2. ____________________

Nombre ______________________ Fecha ______________ Clase ______________

F. Stem-changing verbs (summary) CD1, Track 9

The sentences you will now hear contain stem-changing verbs of all three kinds. After you hear each sentence, restate it, using **Roberto** as the new subject. Then, repeat the correct answer after the speaker.

Modelo Vuelvo a las cinco.
Roberto vuelve a las cinco.

1. ______________________
2. ______________________
3. ______________________
4. ______________________
5. ______________________
6. ______________________
7. ______________________
8. ______________________
9. ______________________
10. ______________________

G. Irregular and spelling-change verbs CD1, Track 10

Restate the sentence you hear, changing the verb to the first person singular. Then, repeat the correct answer after the speaker.

Modelo Enrique es de España.
Soy de España.

1. ______________________
2. ______________________
3. ______________________
4. ______________________
5. ______________________

Nombre ______________________ Fecha ______________ Clase ______________

H. Agreement of nouns and adjectives CD1, Track 11

Following the model, change each of the following sentences to the plural. Then, repeat the correct answer after the speaker.

Modelo Esta lección es difícil.
Estas lecciones son difíciles.

1. ______________________________
2. ______________________________
3. ______________________________
4. ______________________________
5. ______________________________
6. ______________________________
7. ______________________________

I. *Ser* and *estar* with adjectives CD1, Track 12

Today the people you know seem different from the way they usually are. You will hear the following statements about them. Tell how they seem today, using the phrase **pero hoy** and making other necessary changes. Then, repeat the correct answer after the speaker.

Modelo María no es fea.
María no es fea, pero hoy está fea.

1. ______________________________
2. ______________________________
3. ______________________________
4. ______________________________
5. ______________________________
6. ______________________________
7. ______________________________

Ejercicio de comprensión CD1, Track 13

You will now hear five short passages, followed by two true-false statements each. Listen carefully to the first passage.

Indicate whether the following statements are true or false by circling either **V (verdadero)** or **F (falso)** in your lab manual. You will hear each statement twice.

1. V F **2.** V F

Listen carefully to the second passage.

Now circle either **V** or **F** in your lab manual.

3. V F **4.** V F

Listen carefully to the third passage.

Now circle either **V** or **F** in your lab manual.

5. V F **6.** V F

Listen carefully to the fourth passage.

Now circle either **V** or **F** in your lab manual.

7. V F **8.** V F

Listen carefully to the fifth passage.

Now circle either **V** or **F** in your lab manual.

9. V F **10.** V F

Nombre ________________ Fecha ________ Clase ________

Actividades de gramática

A. The present indicative

1. Complete with the correct present tense form of the verb in parentheses.

1. La identidad española (reflejar) ______________ la herencia de la civilización romana y las culturas visigoda y árabe.
2. La lengua española (ser) ______________ de raíz latina y (pertenecer) ______________ a la familia de lenguas romances.
3. Algunas costumbres españolas, como la siesta, (tener) ______________ su origen en la civilización romana.
4. ¿(Estar) ______________ tú de acuerdo con la idea romana de que «las seis primeras horas del día (ser) ______________ para trabajar; las otras (ser) ______________ para vivir»?
5. ¿(Creer) ______________ tú que hoy en día la gente (trabajar) ______________ demasiado?
6. Los visigodos (venir) ______________ del norte de Europa e (invadir) ______________ el Imperio romano en el siglo v.
7. La contribución más importante de los visigodos a la cultura española (consistir) ______________ en el feudalismo, un sistema económico que los países de Europa (adoptar) ______________.
8. El sistema feudal (dar) ______________ el control de la tierra a un señor quien (recibir) ______________ parte de los productos de los habitantes de su tierra y les (proteger) ______________ de otros señores.
9. Nosotros (saber) ______________ que los musulmanes (ocupar) ______________ la Península Ibérica durante ocho siglos e (influir) ______________ mucho en el desarrollo cultural de España.
10. Los árabes (crear) ______________ una gran actividad intelectual en la ciudad de Córdoba, que (convertirse) ______________ en el gran centro cultural de Europa.
11. En parte, el pensamiento árabe (venir) ______________ de la cultura griega antigua, que los árabes (respetar) ______________ y (expandir) ______________ con sus artes de traducción.
12. Los árabes (construir) ______________ edificios públicos majestuosos donde el agua y los jardines (constituir) ______________ elementos esenciales.
13. Los gobernantes árabes (pensar) ______________ que la creatividad artística (permitir) ______________ al individuo estar más cerca de Dios.
14. Muchas ciudades de España, especialmente del sur, (mantener) ______________ la herencia árabe en la arquitectura de palacios, mezquitas y otros edificios públicos.

2. A student from Spain interviews you because he is writing an article for his college newspaper. Answer his questions using complete sentences.

1. ¿De qué origen es tu familia?

____

2. ¿Qué idiomas hablan ustedes en casa?

____

3. ¿Tienes más costumbres occidentales u orientales?

____

4. ¿Vives en una comunidad culturalmente diversa?

____

5. ¿Conoces a algún inmigrante? (¿Quién(es)? ¿Qué relación tienes con esa(s) persona(s)?)

____

6. ¿Cómo contribuyen los inmigrantes a tu comunidad?

____

B. Adjective agreement

1. Rewrite each sentence incorporating the adjective in parentheses. Use the correct form and the correct placement of the adjective.

Modelo Durante ocho siglos, Granada fue una ciudad musulmana. (grande)
Durante ocho siglos, Granada fue una gran ciudad musulmana.

1. En Granada hay muchos ejemplos de arquitectura árabe. (notable)

____

2. La Alhambra es un palacio. (antiguo)

____

3. Constituye la máxima expresión del arte. (árabe)

____

4. Desde sus torres hay vistas de la sierra y la ciudad. (espléndido)

____

5. También son increíbles los complejos diseños. (geométrico)

____

6. Al visitante le impresiona mucho el ambiente de las salas. (íntimo, seductor)

____

7. El Patio de los Leones es un ejemplo de la elegante decoración. (bueno)

8. Las columnas sostienen bóvedas. (esbelto)

9. Bajo la luz de las estrellas cautiva el tono de las torres y los muros de la Alhambra. (plateado)

10. Un amigo que conozco hace años visitó Granada. (viejo)

2. Embajador estudiantil. You are asked to talk about your school to potential students. How would you describe the following aspects of student life at your school? If you need additional information, visit your college or university website.

Modelo ¿Es grande, mediana o pequeña la universidad?
La universidad no es muy grande pero es muy buena.

1. ¿Es la universidad famosa por sus deportes?

2. ¿Son buenas las instalaciones deportivas?

3. ¿Está la biblioteca abierta las 24 horas?

4. ¿En qué zona de la ciudad está situada la universidad?

5. ¿Es un barrio seguro?

6. ¿Cuál es el precio de la matrícula *(tuition)*?

7. ¿Están incluidas las comidas en el precio de la matrícula?

8. ¿Están las aulas *(classrooms)* bien equipadas tecnológicamente?

Nombre ______________________ Fecha ______________ Clase ______________

C. *Ser* and *estar*

1. Complete with the correct form of either **ser** or **estar.**

1. Ellos ______________ en México, pero no ______________ mexicanos.
2. El concierto ______________ a las ocho, pero el auditorio ______________ muy lejos.
3. Los chicos que ______________ jugando en el patio ______________ mis primos.
4. Hoy ______________ miércoles y ahora yo ______________ de vacaciones.
5. Los productos que ______________ en aquella tienda ______________ de Ecuador.
6. Estos jóvenes generalmente ______________ muy felices, pero hoy ______________ descontentos.
7. El museo que ______________ cerca del parque ______________ el Museo de Antropología.
8. Esta corbata ______________ de Roberto. ______________ de seda.
9. Nosotros ______________ seguros de que el barrio ______________ seguro *(safe).*
10. En realidad la ciudad no ______________ bonita, pero hoy con el sol ______________ más bonita.
11. Ellos ______________ aburridos *(bored)* porque la clase ______________ aburrida *(boring).*
12. Cervantes ______________ más conocido por sus novelas, pero sus obras de teatro también ______________ en la biblioteca.
13. Juan no ______________ cocinero, pero este año ______________ de cocinero en la cafetería.
14. ______________ las once y todas las puertas ______________ cerradas.
15. La sopa ______________ rica *(tastes good)* pero no ______________ muy caliente.
16. Generalmente él ______________ muy alegre pero hoy ______________ triste.
17. La conferencia ______________ a las ocho pero el profesor que va a hablar no ______________ aquí.
18. Tomás no ______________ un chico enfermo pero siempre ______________ muy pálido.

Nombre____________________ Fecha__________ Clase__________

2. Write complete sentences with the adjectives in parentheses to describe the following individuals or objects. Use either **ser** or **estar** according to the context.

Modelo Mi compañera Olivia (guapo)
Mi compañera Olivia es una chica muy guapa. -o- *Mi compañera Olivia está muy guapa cuando se arregla para salir.*

1. Los estudiantes (aburrido) ____________________
2. Los productos del mercado local (bueno) ____________________
3. El profesor (enfermo) ____________________
4. Mi familia y yo (triste) ____________________
5. Tú (listo) ____________________
6. El perro de mis amigos (malo) ____________________

Nombre ______________________ Fecha ______________ Clase ______________

Actividades creativas

A. Hábitos de estudio

Describe your study habits by answering the following questions with complete sentences.

1. ¿A qué hora(s) del día estudias mejor?

____

2. ¿Por qué prefieres estudiar a esa(s) hora(s)?

____

3. ¿Cuántas horas a la semana aproximadamente pasas en la biblioteca?

____

4. ¿Cuál es tu lugar de estudio preferido?

____

5. ¿Puedes hacer otras actividades mientras estudias?

____

6. ¿Participas en algún grupo de estudio?

____

7. ¿Por qué crees que los grupos de estudio son o no son beneficiosos?

____

8. ¿En qué son distintos tus hábitos de estudio universitarios de tus hábitos de estudio en la escuela secundaria?

____

Nombre ______________________ Fecha ______________ Clase ______________

B. Ocio y tiempo libre

Look at the cultural agenda offered this month in Madrid and choose an activity that might be of your interest. Then, in the space below, write an email to a Spanish friend inviting him/her to go with you to that activity. In the email mention the name of the event, what it is, and why it sounds interesting.

GUÍA DEL OCIO: MADRID

ARTE

Exposición Edward Hopper
El Museo Thyssen-Bornemisza y la Réunion des Musées Nationaux de Francia presentan una fantástica retrospectiva del pintor norteamericano que incluye más de 70 obras, algunas provienen de las colecciones del MoMA, del Metropolitan Museum de Nueva York, del Whitney Museum of American Art de Nueva York o del Museum of Fine Arts de Boston.

Exposición Códices de Leonardo Da Vinci
Esta exposición muestra la única obra del artista, inventor y pensador italiano que se conserva en España: *los códices Madrid I y II*, guardados en la Biblioteca Nacional de España.

PhotoEspaña
El Festival Internacional de Fotografía y Artes Visuales ofrece una ocasión fabulosa para conocer proyectos fotográficos, vídeos e instalaciones de fotógrafos y artistas visuales nacionales e internacionales. El tema de este año está relacionado con las relaciones entre contexto e internacionalización, la construcción del 'arte internacional' y las relaciones entre lo local y lo global.

CINE

Las chicas de la sexta planta. Comedia
Durante los años 60, mujeres inmigrantes españolas llegan a París en busca de trabajo como asistentas en casas ricas. Las chicas de la sexta planta, como se les llama a estas inmigrantes, cautivan con su personalidad alegre y extrovertida al vecindario, en particular al aburrido propietario del edificio Jean-Louis.

Sueño y silencio. Acción
Una pareja de españoles que vive en París está de vacaciones en España con sus dos hijas y sufren un accidente de coche. Como consecuencia, la pareja es más consciente de la vulnerabilidad del ser humano y de la importancia de vivir el día a día. La familia se une con la tragedia y valora más la verdadera existencia.

Jacobo Loco. Animación
Jacobo es un chico tímido que no tiene muchos amigos. Una noche de luna llena se transforma en un bello lobo blanco. A la mañana siguiente se despierta siendo el mismo niño de siempre. Después de la confusión inicial, Jacobo se va dando cuenta de por qué es diferente.

DEPORTES

Eurocopa. Fútbol
Polonia – Grecia: viernes, 8.00 PM
Alemania – Portugal: sábado, 4.00 PM
España – Italia: domingo, 6.00 PM

Copa del Rey. Baloncesto
Real F.C. Barcelona – Real Madrid: sábado, 6.00 PM

Madrid Open. Tenis
Rafael Nadal - Novak Djokovic: domingo, 3.00 PM

Música	**Bruce Springsteen**. Rock El cantante original de New Jersey está considerado como la voz del pueblo y refleja en su música los desafíos del sueño americano. Es el símbolo de los trabajadores y del rock con conciencia social. **Rock in Rio Madrid**. Pop-rock El festival reúne conocidos artistas hispánicos como Maná, Luciano y Macaco e internacionales como Pitbull, Rihanna y Red Hot Chili Peppers. Es un auténtico espectáculo de música electrónica que este año también ofrece por primera vez un concurso de baile.

C. Perfil cultural de tu universidad

Your university is publishing a brochure in Spanish and you have been asked to provide the copy for the section titled "**Perfil cultural**." Write the draft for it below, paying attention to the following criteria:

a. etnias representadas entre los estudiantes y entre los profesores

b. nivel socioeconómico de los estudiantes

c. géneros representados en las carreras de humanidades

d. asociaciones culturales universitarias

e. eventos sociales en el campus

El arte de escribir

La correspondencia informal. En todas cartas y correos electrónicos informales se incluyen un saludo, el texto y una despedida. A continuación hay algunas expresiones útiles para expresar saludos y despedidas informales.

El saludo

Querido(a)...: / Hola:
¿Qué me cuentas?
¿Cómo andas?
¿Qué tal te va?
Espero que te encuentres bien. / Espero que estés bien.
Espero que todo ande bien.
¡Tengo muchas cosas que contarte!

La despedida

Saludos a tu familia.
Espero noticias tuyas.
Te recuerda y te quiere,
Recibe un gran abrazo,
Con mucho cariño,
Cuídate,
Besos,

Situaciones. Escribe un correo electrónico seleccionando uno de los dos contextos siguientes como referencia. Asegúrate de incluir los saludos y despedidas que acabas de aprender.

¡Hola! Un miembro de tu familia quiere hacer un viaje de dos semanas por España durante el verano. Escríbele un correo electrónico hablándole de la historia del país, las ciudades adonde puede ir, los lugares que debe visitar y algunas costumbres características de la forma de vida de la gente española. Dile también algunas palabras importantes que debe saber en español.

¿Qué tal? Un(a) amigo(a) de Madrid te escribe preguntándote sobre la música que está de moda ahora en las universidades norteamericanas y la música que te gusta escuchar a ti. Escríbele un correo electrónico hablándole de los artistas más populares y por qué les gustan a los jóvenes. Háblale también de los eventos musicales más significativos del país y los conciertos que se celebran en tu universidad.

Nombre________________________ Fecha______________ Clase__________________

CAPÍTULO 2 La identidad hispanoamericana

Ejercicios de laboratorio

Vocabulario CD1, Track 14

You will hear a conversation between two parents about a letter their child wrote to Santa Claus.

Indicate whether the following statements are true or false by choosing **V (verdadero)** or **F (falso)** in your lab manual. You will hear each statement twice.

1. V F

2. V F

3. V F

4. V F

Diálogo CD1, Track 15

Listen to the following conversation.

You will now hear some incomplete sentences, each followed by three possible completions. Choose the most appropriate completion and circle the corresponding letter in your lab manual. You will hear each sentence and its possible completions twice.

1. a b c

2. a b c

3. a b c

4. a b c

5. a b c

Now repeat the correct answers after the speaker.

Estructura

A. Reflexive verbs CD1, Track 16

Listen to the base sentence, then substitute the subject given, making the verb agree with the new subject. Then, repeat the correct answer after the speaker.

1. ______________________________

2. ______________________________

3. ______________________________

B. More reflexive verbs CD1, Track 17

Restate each sentence you hear, changing the verb in the first person plural. Then, repeat the correct answer after the speaker.

Modelo Me divierto estudiando el español.
Nos divertimos estudiando el español.

1. ____________________
2. ____________________
3. ____________________
4. ____________________
5. ____________________

C. The imperfect tense CD1, Track 18

Listen to the base sentence, then substitute the subject given, making the verb agree with the new subject. Then, repeat the correct answer after the speaker.

1. ____________________
2. ____________________
3. ____________________
4. ____________________
5. ____________________
6. ____________________

D. More verbs in the imperfect CD1, Track 19

Restate the sentence you will hear, changing the verb to the imperfect tense. Then, repeat the correct answer after the speaker.

Modelo Comemos muchas papas en casa.
Comíamos muchas papas en casa.

1. ____________________
2. ____________________
3. ____________________
4. ____________________
5. ____________________
6. ____________________
7. ____________________
8. ____________________

E. The preterite tense of regular verbs CD1, Track 20

Listen to the base sentence, then substitute the subject given, making the verb agree with the new subject. Repeat the correct answer after the speaker.

1. ____________________
2. ____________________
3. ____________________

F. The preterite tense of stem-changing verbs CD1, Track 21

Restate the sentence you hear, changing the verb to the third person plural. Then, repeat the correct answer after the speaker.

Modelo Repetí las palabras nuevas.
Repitieron las palabras nuevas.

1. ____________________
2. ____________________
3. ____________________
4. ____________________
5. ____________________
6. ____________________
7. ____________________

G. The preterite tense of irregular verbs CD1, Track 22

Restate the sentence you hear, changing the verb to the second person singular. Then, repeat the correct answer after the speaker.

Modelo No pudieron hacer nada.
No pudiste hacer nada.

1. ____________________
2. ____________________
3. ____________________
4. ____________________
5. ____________________
6. ____________________
7. ____________________

Nombre________________________ Fecha______________ Clase________________

H. The use of the imperfect and preterite tenses CD1, Track 23

Change the verb you hear to the correct form of the imperfect or preterite tense, according to the sense of the sentence. Then, repeat the correct answer after the speaker.

Modelo Siempre estudiamos mucho.
Siempre estudiábamos mucho.

1. ______________________________
2. ______________________________
3. ______________________________
4. ______________________________
5. ______________________________
6. ______________________________
7. ______________________________

Ejercicio de comprensión CD1, Track 24

You will now hear five short passages, followed by two true-false statements each. Listen carefully to the first passage.

Indicate whether the following statements are true or false by circling either **V (verdadero)** or **F (falso)** in your lab manual. You will hear each statement twice.

1. V F **2.** V F

Listen carefully to the second passage.

Now circle either **V** or **F** in your lab manual.

3. V F **4.** V F

Listen carefully to the third passage.

Now circle either **V** or **F** in your lab manual.

5. V F **6.** V F

Listen carefully to the fourth passage.

Now circle either **V** or **F** in your lab manual.

7. V F **8.** V F

Listen carefully to the fifth passage.

Now circle either **V** or **F** in your lab manual.

9. V F **10.** V F

Nombre ______________________ Fecha ______________ Clase ______________

Actividades de gramática

A. Reflexive verbs and pronouns

1. Choose the correct verb in parentheses.

1. Cuando llegan los conquistadores españoles al Nuevo Mundo, (acercan / se acercan) a las tribus indígenas primero con admiración y después con violencia.
2. En México, los españoles conocen a los aztecas que (establecieron / se establecieron) en el lugar donde está hoy la capital.
3. Los aztecas eran guerreros y (levantaron / se levantaron) contra otras tribus subyugándolas bajo su poder.
4. El Imperio azteca (basaba / se basaba) en la dominación total de casi todos los grupos indígenas del centro de México y esto hizo fácil la conquista por parte de los españoles.
5. El emperador azteca Moctezuma (enojó / se enojó) cuando Cortés quisó conquistar a sus gentes.
6. Moctezuma sabía que (acercaba / se acercaba) el fin del Imperio azteca.
7. Entonces el emperador (despidió / se despidió) de su poder e/y (hizo / se hizo) débil.

2. Think of a famous person. Then answer the following questions as if you were that person.

1. Cuando sales, ¿se fijan las personas en ti porque eres famoso(a)?

   ____

2. ¿De qué te arrepientes?

   ____

3. ¿De qué te jactas?

   ____

4. ¿De qué te quejas?

   ____

5. ¿Qué te niegas a hacer?

   ____

B. The imperfect tense

1. Complete with the correct imperfect tense form of the verb in parentheses.

1. Los estudiantes de arqueología de mi universidad (ir) ______________ a Copán con frecuencia y (trabajar) ______________ en las ruinas de la acrópolis.
2. Copán (ser) ______________ un centro de astronomía maya muy importante.
3. Los mayas (investigar) ______________ el movimiento de los astros.
4. Los arqueólogos (querer) ______________ descubrir más datos sobre la civilización de Copán a través de las excavaciones que (hacer) ______________ bajo la acrópolis.

5. Mis amigos y yo, que (estudiar) ____________________ arte, (soñar) ____________________ con visitar la región maya de Copán.

6. Nosotros (estar) ____________________ interesados en observar las creaciones arquitectónicas y los murales de Copán y (desear) ____________________ pasar unos días en la jungla lejos de la civilización moderna.

2. Think about your best friend when you were ten years old. Then answer the following questions about him or her.

1. ¿Cómo se llamaba tu mejor amigo(a)? ¿De dónde era?

____

____

2. ¿Dónde vivía? ¿Conocías bien a su familia?

____

____

3. ¿Con qué frecuencia se veían? ¿A qué jugaban ustedes?

____

____

4. ¿Veían televisión o películas juntos(as)? ¿Cuál era su personaje favorito?

____

____

5. ¿Siempre se llevaban bien o a veces se peleaban? ¿Sobre qué discutían?

____

____

C. The preterite tense

1. Complete with the correct preterite tense form of the verb in parentheses.

1. Mis amigos de la universidad (viajar) ____________________ a Lima el julio pasado.
2. Yo (buscar) ____________________ un boleto barato pero no lo encontré.
3. Yo (querer) ____________________ ir con ellos pero no pude.
4. Yo (tener) ____________________ que trabajar todo el verano para pagar la matrícula de la universidad.
5. Mi compañero Felipe tampoco (poder) ____________________ ir de vacaciones ese año.

6. Felipe y yo (quedarse) ______________________ en la oficina solos con varios proyectos que terminar.

7. Aquel verano (hacer) ______________________ mucho calor y en la oficina no había aire acondicionado.

8. Durante su viaje, Felipe y yo (saber) ______________________ de nuestros amigos por Facebook.

9. Mis amigos (decir) ______________________ que Lima era una ciudad impresionante.

10. Nosotros (ver) ______________________ que ellos alquilaron un coche.

11. Ellos (conducir) ______________________ por toda la ciudad para así conocerla bien.

12. Mis amigos (divertirse) ______________________ muchísimo en su viaje a Perú.

2. Write ten sentences telling what you did in your last vacation. Use the verbs below or generate your own.

Modelo *En mis últimas vacaciones, viajé con mi familia.*

atreverse	descansar	ir	relajarse
conocer	divertirse	preocuparse	ver
darse cuenta	hacer	probar	visitar

1. ____
2. ____
3. ____
4. ____
5. ____
6. ____
7. ____
8. ____
9. ____
10. ____

Nombre________________ Fecha________ Clase________

D. Uses of the imperfect and the preterite

1. Rewrite the following narrative changing the numbered verbs from the present to either the preterite or the imperfect tense.

Roberto (1) tiene catorce años. (2) Es un buen chico, pero no le (3) gusta levantarse temprano todos los días para ir a la escuela.

El lunes Roberto (4) duerme hasta muy tarde. (5) Son las siete y media, y él (6) tiene clase a las ocho. Su madre lo (7) llama dos veces y por fin él (8) se levanta, (9) se baña, (10) se viste y (11) se va al comedor para desayunar. Él (12) come y (13) sale de prisa de la casa.

(14) Es un día hermoso. El sol (15) brilla y los pájaros (16) cantan. Roberto (17) camina rápidamente cuando (18) se encuentra con su amigo José. José (19) es un chico perezoso y no (20) quiere ir a clase. (21) Quiere ir al parque para pasar el día, pero Roberto (22) le dice que él no (23) puede porque (24) tiene que presentar un trabajo en la clase de historia. (25) Dice también que el señor González, su profesor, (26) es muy estricto y que no (27) quiere ser castigado por no asistir a la clase. Los dos (28) se despiden y Roberto (29) se va a clase. José (30) se queda en la esquina esperando el autobús para ir al parque.

2. Using the suggestions below (or your own ideas), write six things that you and people you know did or did not do last weekend. Explain why.

Modelo *Yo no salí con mis amigos porque tenía que hacer mucha tarea.*

Actividades:	**Razones:**
ir al cine, a un concierto, etc.	tener que hacer mucha tarea
jugar al fútbol, al tenis, etc.	querer descansar
dar un paseo	estar cansado(a), enfermo(a), etc.
mirar la televisión	hacer buen tiempo, mal tiempo, etc.
trabajar	tener ganas de ver una película, etc.
hacer un viaje por carretera	llover, nevar, etc.
quedarse en casa	no tener tiempo
¿?	¿?

1. ______________________________

2. ______________________________

3. ______________________________

4. ______________________________

5. ______________________________

6. ______________________________

3. The following people used to do the same thing every summer, but last summer they did something different. Express this change in routine. Be creative!

Modelo Yo: *Todos los veranos yo iba a la playa con mi familia, pero el verano pasado fui a Nicaragua con un grupo de voluntarios.*

1. mis padres: ______________________________

2. mis vecinos: ______________________________

3. el profesor: ______________________________

4. tú: ______________________________

5. mi amigo y yo: ______________________________

6. el presidente de la universidad: ______________________________

Nombre ______________________ Fecha ____________ Clase ______________

Actividades creativas

A. Un cuento original

Write a micro-story following the prompts. Use the imperfect, the preterite, and some reflexive verbs.

- Título ______________________
- ¿Qué hora era? ______________________
- ¿Qué hacía el protagonista en el parque? ______________________
- ¿Qué interrumpió la acción? ______________________
- ¿Cómo era? ______________________
- ¿Qué hizo después? ______________________
- ¿Cómo se sintió al final? ______________________

B. Películas clásicas

What is your favorite childhood movie? What made it so appealing to you at the time? Tell the story and explain why you liked it so much. Incorporate some of the following verbs in your narration and the imperfect and preterite tenses.

creer	ir	poder	tener
empezar	llegar	querer	traer
hacer	pedir	saber	venir

Nombre ____________________ Fecha ____________ Clase ______________

C. Una situación embarazosa

Write a narration about an embarrassing, comical, or uncomfortable situation that you have experienced. Alternate the preterite and imperfect and incorporate the following information in your narration.

- el lugar donde ocurrió
- qué otras personas estaban presentes
- cómo te sentiste
- si te ayudó alguien
- cómo terminó la situación
- lo que aprendiste del incidente

El arte de escribir

El párrafo. Un párrafo es la combinación de oraciones relacionadas con un tema en particular. Lo más importante a la hora de escribir un párrafo es concentrarse en una sola idea por párrafo. Un buen párrafo debe ser coherente y debe presentar la idea principal y detalles que expandan esa idea. La cohesión del párrafo se obtiene mediante los siguientes elementos:

- el uso de sinónimos relacionados con el tema del párrafo
- el uso de pronombres que se refieren a entidades mencionadas anteriormente en el párrafo
- el uso de elementos de transición que conectan oraciones: **así**, **entonces** *(then)*, **pero** *(but)*, **por consiguiente** *(therefore)*, **además**, **también** *(also, additionally)*, **sin embargo** *(nevertheless)*.

El párrafo debe comenzar con una oración que describa la idea principal en términos generales y a partir de ella desarrollar las ideas sucesivas. Es importante anotar *(jot down)* las ideas antes de empezar a escribir el párrafo. Después, es importante revisar esas notas y organizarlas en order de prioridad: cuál es la idea central y cuáles son las ideas que la apoyan *(support)*. Al desarrollar un párrafo en una lengua extranjera es importante utilizar oraciones cortas y simples y consultar el diccionario para encontrar palabras nuevas y sinónimos para expresar nuestras ideas.

Temas. Escribe un párrafo compuesto de ocho oraciones en el que discutas uno de los siguientes temas:

La diversidad cultural, étnica y lingüística de los Estados Unidos

El impacto de la inmigración en la identidad nacional de un país

Nombre____________________ Fecha__________ Clase__________

CAPÍTULO 3 Hispanos aquí y allá

Ejercicios de laboratorio

Vocabulario CD2, Track 2

Listen to the following conversation. You will hear five questions. Choose the most appropriate answer for each one in your lab manual.

1. a. Sí, a sus padres. b. No, pero su amiga sí. c. Sí, a los padres de su amiga.

2. a. por sus ideas políticas b. por falta de dinero c. por su apellido

3. a. a México b. a los Estados Unidos c. a la casa de unos amigos

4. a. porque tenían amigos b. porque hablaban la lengua c. porque bailaban el tango

5. a. su apellido b. su exilio c. sus tradiciones

Diálogo CD2, Track 3

Listen to the following conversation.

You will now hear some incomplete sentences, each followed by three possible completions. Choose the most appropriate completion and circle the corresponding letter in your lab manual. You will hear each sentence and its possible completions twice. Now begin.

1. a b c

2. a b c

3. a b c

4. a b c

5. a b c

6. a b c

Now repeat the correct answers after the speaker.

Estructura

A. Direct object pronouns CD2, Track 4

Restate each sentence you hear, changing the noun object to a direct object pronoun. Then, repeat the correct answer after the speaker.

Modelo Explicamos varias influencias esta mañana.
Las explicamos esta mañana.

1. _______________
2. _______________
3. _______________
4. _______________
5. _______________
6. _______________
7. _______________

B. Direct and indirect object pronouns CD2, Track 5

Restate the following sentences, replacing the direct and indirect object nouns with pronouns. Then, repeat the correct answer after the speaker.

Modelo Le doy el libro al cura.
Se lo doy.

1. _______________
2. _______________
3. _______________
4. _______________
5. _______________
6. _______________
7. _______________
8. _______________

C. *Gustar* and similar verbs CD2, Track 6

Repeat each sentence you hear, then substitute either a new verb or a new indirect object pronoun, depending on the cue you are given. Then, repeat the correct answer after the speaker.

Modelo Me gustan esos libros
Me gustan esos libros.

quedar

Me quedan esos libros.

le

Le quedan esos libros.

1. ______________________________
2. ______________________________
3. ______________________________
4. ______________________________

D. Questions CD2, Track 7

Answer each of the following questions in the affirmative, following the model. Then, repeat the correct answer after the speaker.

Modelo ¿Te gustó la misa?
Sí, me gustó.

1. ______________________________
2. ______________________________
3. ______________________________
4. ______________________________
5. ______________________________
6. ______________________________
7. ______________________________

E. The future tense of regular verbs CD2, Track 8

Listen to the base sentence, then substitute the subject given, making the verb agree with the new subject. Repeat the correct answer after the speaker.

1. ______________________________
2. ______________________________
3. ______________________________

Nombre ______________________ Fecha ______________ Clase ______________

F. The future tense of irregular verbs CD2, Track 9

Restate each sentence you will hear, changing the verb to the future tense. Then, repeat the correct answer after the speaker.

Modelo ¿Qué dice Roberto?
¿Qué dirá Roberto?

1. ______________________________
2. ______________________________
3. ______________________________
4. ______________________________
5. ______________________________
6. ______________________________
7. ______________________________
8. ______________________________

G. The conditional tense CD2, Track 10

Restate each sentence you hear, changing the verb to the conditional tense. Then, repeat the correct answer after the speaker.

Modelo No hablaré con el cura.
No hablaría con el cura.

1. ______________________________
2. ______________________________
3. ______________________________
4. ______________________________
5. ______________________________
6. ______________________________
7. ______________________________
8. ______________________________
9. ______________________________
10. ______________________________

Nombre____________________ Fecha__________ Clase__________

Ejercicio de comprensión CD2, Track 11

You will now hear three short passages followed by several true-false statements each. Listen carefully to the first passage.

Indicate whether the following statements are true or false by circling either **V (verdadero)** or **F (falso)** in your lab manual. You will hear each statement twice.

1. V F
2. V F
3. V F
4. V F
5. V F

Listen carefully to the second passage.

Now circle either **V** or **F** in your lab manual.

6. V F
7. V F
8. V F
9. V F

Listen carefully to the third passage.

Now circle either **V** or **F** in your lab manual.

10. V F
11. V F
12. V F
13. V F
14. V F
15. V F

Nombre ______________________ Fecha ______________ Clase ______________

Actividades de gramática

A. Object pronouns

1. Rewrite the sentences changing the underlined nouns to object pronouns and placing them in the correct position.

1. La población hispana muestra una gran presencia en los Estados Unidos.

 ____

2. Uno de cada seis estadounidenses tiene raíces hispanas.

 ____

3. Los hispanos escogieron estados como California, Texas, Florida y Nueva York para establecerse.

 ____

4. Casi 12 millones de hispanos votan en las elecciones y la mayoría vota al partido demócrata.

 ____

5. Sectores de la población hispana y no-hispana piden al presidente una reforma migratoria integral.

 ____

6. Los Estados Unidos da asilo político a los hispanos procedentes de países con regímenes dictatoriales.

 ____

7. Pero las autoridades americanas aún mandan muchos casos de deportación a los tribunales.

 ____

8. El gobierno debe resolver la situación legal a los indocumentados.

 ____

2. Answer the following questions about Chicano mural art. Use object pronouns in your answers.

1. ¿Conoces los murales de Judith Baca?

 ____

2. ¿Sabías que Judith Baca dirigió y participó en la creación del mural colectivo *The Great Wall of Los Angeles*?

 ____

3. ¿Valoras las expresiones de arte político?

 ____

4. ¿Deben dar los artistas voz a su comunidad?

 ____

5. ¿A quién le preguntarías el significado de los murales chicanos?

 ____

Nombre ______________________ Fecha ______________ Clase ______________

B. *Gustar* and similar verbs

1. First, choose the most logical verb in parentheses. Then answer the question using a complete sentence.

1. ¿Te (gustan / quedan) las ciudades con diversidad cultural?

____

2. ¿Les (parecen / interesa) a Uds. aprender sobre las costumbres de la gente?

____

3. ¿Te (importan / parecen) atractivos los barrios con personalidad propia?

____

4. ¿Nos (encantan / quedan) muchas cosas por aprender sobre nuestra ciudad?

____

5. ¿Les (gusta / faltan) comunicarse con hablantes hispanos en su lengua?

____

6. ¿Te (parecen / faltan) interesantes las historias de los inmigrantes?

____

7. ¿Te (interesan / falta) información sobre la situación de los inmigrantes en los Estados Unidos?

____

8. ¿Qué país o países de Latinoamérica te (gustaría / quedaría) conocer?

____

2. Using a form of **gustar, faltar, encantar, parecer** o **importar,** state your positive or negative reaction to each of the following items.

Modelo el dinero
Me gusta el dinero. -o- *No me importa el dinero.*

1. la religión
2. la comida picante
3. la política
4. estudiar
5. los videojuegos
6. Facebook
7. leer en español
8. viajar

1. ____
2. ____
3. ____
4. ____
5. ____
6. ____
7. ____
8. ____

Nombre ____________________ Fecha ____________ Clase ______________

C. The future tense

1. Change the following sentences to the future tense.

Modelo El domingo mis amigos y yo fuimos a las montañas.
El domingo mis amigos y yo iremos a las montañas.

1. Nosotros hicimos el viaje en el coche de Tomás.

____

2. El hermano de Roberto vino con nosotros también.

____

3. Yo me puse las botas nuevas.

____

4. ¿Pudiste sacar fotos con tu nueva cámara?

____

5. Teresa y su hermana subieron hasta la cima.

____

6. Mis amigos se divirtieron mucho.

____

2. What will you and your friends do in the future? Using the verbs in the list or your own, make predictions about the future.

Modelo *Mi mejor amigo Pablo será presidente de los Estados Unidos.*

ser	hacer	vivir	poder
casarse	estar	trabajar	querer

1. yo: ______________________________
2. mi mejor amigo(a): ______________________________
3. el (la) profesor(a) de español: ______________________________
4. el (la) presidente(a) de nuestra clase: ______________________________
5. mi hermano(a)/primo(a): ______________________________
6. mis amigos y yo: ______________________________

D. The conditional

1. Conjugate the verbs in parentheses in the conditional tense.

1. Tobías nos dijo que él y Manuel (querer) ____________ ir a Nueva York.
2. Ellos pensaban que quedarse en Puerto Rico no (valer) ____________ la pena.
3. Ellos imaginaban que (tener) ____________ más oportunidades en los Estados Unidos continentales.

4. Nos dijeron que nosotros (poder) ______________________ visitarlos pronto.

5. Sabíamos que Tobías y Manuel (trabajar) ______________________ mucho en Nueva York.

6. Nos prometieron que ellos (enviar) ______________________ dinero para nuestra familia.

7. Les dije que el viaje (ser) ______________________ una buena experiencia.

8. Yo no sabía que Tobías y Manuel no (volver) ______________________ de los Estados Unidos a la isla.

2. What would you do if you were a worker with a family struggling in a Latin American country? Complete the paragraph with verbs in the conditional tense.

Si fuera un trabajador necesitado en un país latinoamericano, 1. ______________________ preocupado por el bienestar de mi familia. Cada día 2. ______________________ trabajo en todas partes y no 3. ______________________ dinero en cosas innecesarias. Sin lugar a dudas, yo no 4. ______________________ la esperanza de un futuro mejor. Sin embargo, 5. ______________________ a otro país y 6. ______________________ allí un tiempo hasta ahorrar dinero para mejorar la situación de mi familia.

3. Imagine you have not done well in your classes this year. Tell five things you would do differently.

Modelo *Pasaría menos tiempo en YouTube™.*

1. ____

2. ____

3. ____

4. ____

5. ____

Nombre ____________________ Fecha ____________ Clase ____________

Actividades creativas

A. Blog deportivo

You are starting a blog about sports and this is your first entry. Write about sports news that are of your interest using the following guidelines. Use verbs like **gustar** and direct and indirect object pronouns.

- habla de tus deportes favoritos

  ____

  ____.

- habla de los campeonatos que se están jugando ahora

  ____

  ____.

- habla de cómo están jugando tus equipos favoritos y cómo podrían mejorar

  ____

  ____.

- habla de la presencia de jugadores hispanos en los deportes estadounidenses

  ____

  ____.

B. La universidad del futuro

Imagine how the university will be in the year 2050. Answer the following questions using the future tense.

1. ¿Cómo será la universidad en el año 2050?

   ____

2. ¿Qué tendrán los campus?

   ____

3. ¿En qué serán diferentes a los de hoy?

   ____

4. ¿Irán los estudiantes a clase o tomarán todas las clases en línea?

   ____

5. ¿Cómo afectarán las nuevas tecnologías al sistema de enseñanza actual?

   ____

C. Un nuevo día festivo

The month of August is missing a holiday. You have been asked to invent one. Think about the following details.

¿Cuándo será? ____

¿Cómo se llamará? ____

¿Cómo se celebrará? ____

Nombre ______________________ Fecha ______________ Clase ______________

Now you need to convince the members of Congress to approve this new holiday. Prepare notes for your speech.

Estimados miembros del Congreso:

Hoy propongo un nuevo día festivo ____

____

Sin duda, a nosotros los ciudadanos nos hace falta ______________________________

____

Además, a todos nos encanta ____

____

Este día festivo sería ____

____

Por último, el día festivo celebraría los valores de ________________________________

____.

Espero que aprueben mi propuesta. Muchas gracias por su tiempo y su atención.

El arte de escribir

La escritura persuasiva. La escritura persuasiva consiste en persuadir al lector para que adopte tu punto de vista. En general, la mejor manera de comenzar un ensayo persuasivo es con una tesis —tu opinión o perspectiva— seguida de una lista de argumentos. Los argumentos deben ser lógicos y estar apoyados con ejemplos, hechos *(facts)* o anécdotas. También deben referirse al punto de vista opuesto y explicar por qué no tiene validez. Para mantener la fluidez y la lógica de tu ensayo persuasivo, utiliza transiciones.

A continuación te presentamos algunos ejemplos de transiciones.

- Para introducir una idea: **con respecto a** *(with respect to)*, **en cuanto a** *(regarding)*
- Para expresar certeza: **sin duda** *(without a doubt)*, **por supuesto** *(of course)*
- Para expresar un punto contradictorio: **a pesar de que** *(even though)*, **aunque** *(although)*
- Para expresar efecto: **como consecuencia** *(consequently)*, **por eso** *(that's why)*
- Para concluir: **por lo tanto** *(therefore)*, **en definitiva** *(definitely)*

Situaciones. Escribe un ensayo persuasivo para una de las siguientes situaciones.

Estudiantes indocumentados. El estudiante con mejores notas de la escuela secundaria de tu estado es un indocumentado, pero quiere continuar estudiando en los Estados Unidos y asistir a la universidad. ¿Debería poder asistir pagando la matrícula estatal *(in-state tuition)* y optar a becas universitarias *(scholarships)* a pesar de que *(despite the fact)* no tiene un estatus legal en el país? Escribe un ensayo persuasivo para convencer al público de que adopte tu posición.

Las becas atléticas. Muchas universidades dan becas *(scholarships)* a estudiantes con buenas habilidades deportivas. A veces esto produce tensiones entre los estudiantes con pocos recursos económicos que también querrían recibir ayudas económicas pero no las reciben porque no son parte de un equipo universitario. ¿Crees que las becas atléticas deberían ser menores? ¿Crees que deberían darse más becas basadas en méritos académicos? Escribe una ensayo persuasivo en pro o en contra de las becas atléticas.

Nombre ______________________ Fecha ____________ Clase ______________

CAPÍTULO 4 Aspectos de la familia

Ejercicios de laboratorio

Vocabulario CD2, Track 12

Listen to the following incomplete statements.

Choose the best phrase to complete each one, and repeat the correct answer after the speaker. Two of the phrases will not be used.

cuidan a los niños	muchos parientes
el valor	su nuera
lazos familiares	tiene sentido
mi yerno	un hogar

1. ______________________________

2. ______________________________

3. ______________________________

4. ______________________________

5. ______________________________

6. ______________________________

Now repeat the correct answers after the speaker.

Diálogo CD2, Track 13

Listen to the following conversation.

You will now hear some incomplete sentences, each followed by three possible completions. Choose the most appropriate completion and circle the corresponding letter in your lab manual. You will hear each sentence and its possible completions twice. Now begin.

1. a b c

2. a b c

3. a b c

4. a b c

5. a b c

Now repeat the correct answers after the speaker.

Nombre__________ Fecha__________ Clase__________

Estructura

A. The present progressive tense CD2, Track 14

Restate each sentence you hear, changing the verb to the present progressive tense. Then, repeat the correct answer after the speaker.

Modelo Leemos la Biblia.
Estamos leyendo la Biblia.

1. __________
2. __________
3. __________
4. __________
5. __________
6. __________
7. __________
8. __________
9. __________
10. __________

B. The past progressive tense CD2, Track 15

Restate each sentence you hear, changing the verb to the past progressive tense. Then, repeat the correct answer after the speaker.

Modelo Elena sigue rezando.
Elena seguía rezando.

1. __________
2. __________
3. __________
4. __________
5. __________

C. The commands for *usted* and *ustedes* CD2, Track 16

Change the following statements to formal commands, following the model. Then, repeat the correct answer after the speaker.

Modelo El señor García me compra dos boletos.
Señor García, cómpreme dos boletos.

1. ______________________________
2. ______________________________
3. ______________________________
4. ______________________________
5. ______________________________
6. ______________________________
7. ______________________________

D. The affirmative command for *tú* CD2, Track 17

Change the following statements to affirmative **tú** commands. Then, repeat the correct answer after the speaker.

Modelo Carlos me espera.
Carlos, espérame.

1. ______________________________
2. ______________________________
3. ______________________________
4. ______________________________
5. ______________________________
6. ______________________________
7. ______________________________
8. ______________________________

E. The negative command for *tú* CD2, Track 18

Change the following statements to negative **tú** commands. Then, repeat the correct answer after the speaker.

Modelo María no se sienta cerca de él.
María, no te sientes cerca de él.

1. ______________________________
2. ______________________________
3. ______________________________
4. ______________________________

5. ____

6. ____

7. ____

F. The affirmative *nosotros* command CD2, Track 19

Give another construction for the "let's" command. Then, repeat the correct answer after the speaker.

Modelo Vamos a sentarnos en esas butacas.
Sentémonos en esas butacas.

1. ____

2. ____

3. ____

4. ____

5. ____

6. ____

7. ____

8. ____

G. The negative command for *nosotros* CD2, Track 20

Give the negative form of each command you hear. Then, repeat the correct answer after the speaker.

Modelo Vamos a sentarnos.
No nos sentemos.

1. ____

2. ____

3. ____

4. ____

5. ____

H. The long or stressed form of the possessive adjective CD2, Track 21

Answer each of the following questions in the affirmative, using the stressed form of the possessive adjective. Then, repeat the correct answer after the speaker.

Modelo Su tío va a acompañarlos.
Un tío suyo va a acompañarlos.

1. ______________________
2. ______________________
3. ______________________
4. ______________________
5. ______________________
6. ______________________
7. ______________________

I. The possessive pronoun CD2, Track 22

Answer each of the following questions in the affirmative, using the possessive pronoun. Then, repeat the correct answer after the speaker.

Modelo ¿Es de Concha esta casa?
Sí, es suya.

1. ______________________
2. ______________________
3. ______________________
4. ______________________
5. ______________________
6. ______________________
7. ______________________
8. ______________________
9. ______________________
10. ______________________

Nombre_______________ Fecha_______________ Clase_______________

Ejercicio de comprensión CD2, Track 23

You will now hear four short passages, followed by several true-false statements each. Listen carefully to the first passage.

Indicate whether the following statements are true or false by circling either **V (verdadero)** or **F (falso)** in your lab manual. You will hear each statement twice.

1. V F **2.** V F

Listen carefully to the second passage.

Now circle either **V** or **F** in your lab manual.

3. V F **4.** V F

Listen carefully to the third passage.

Now circle either **V** or **F** in your lab manual.

5. V F **7.** V F

6. V F

Listen carefully to the fourth passage.

Now circle either **V** or **F** in your lab manual.

8. V F **9.** V F

Nombre_______________ Fecha_______________ Clase_______________

Actividades de gramática

A. The progressive tenses

1. Change the verbs in the following sentences to a form of the progressive using the auxiliary verb **estar**.

1. Las estructuras familiares de las sociedades hispanas cambian con el tiempo.

   ____

   ____

2. Nosotros vemos más familias formadas por un solo padre o una sola madre.

   ____

   ____

3. A causa de la falta de trabajo los hijos viven en casa de los padres más tiempo.

   ____

   ____

4. Los jóvenes se acostumbran a convivir con sus padres hasta una edad avanzada.

   ____

   ____

5. Las parejas con niños pequeños cuentan con la ayuda de sus padres para ahorrar los gastos de una niñera *(babysitter)*.

   ____

   ____

6. Nosotros recibimos a nuestros parientes en casa con frecuencia.

   ____

   ____

7. Yo comparo las relaciones familiares entre hispanos y anglosajones y observo que hay diferencias.

   ____

   ____

8. Tú te das cuenta que la familia es una institución en el mundo hispano.

   ____

   ____

2. Complete each of the following sentences with the appropriate form of the progressive.

1. Nuestras costumbres familiares *(are gradually changing)* ______________________.
2. Yo *(keep on doing)* ______________________ las mismas cosas que hacía.
3. Mis hermanos *(are gradually becoming)* ______________________ más independientes.
4. Mis padres *(kept on insisting)* ______________________ en comer y cenar juntos.
5. Cada uno *(is developing)* ______________________ su propia rutina.

3. You are showing several pictures of a recent family reunion to some of your friends. Explain what each member of your family is doing. Use the present progressive tense. Be imaginative!

Modelo hermana mayor
Mi hermana mayor está sirviendo el postre.

1. madre: ______________________
2. padre: ______________________
3. hermano(a): ______________________
4. abuelo: ______________________
5. abuela: ______________________
6. primos: ______________________
7. tío: ______________________
8. tía: ______________________

B. Commands

1. A family is preparing for a birthday party. Different members are working with the maid to finalize all the details. Answer each of the following questions that the maid poses twice—first with an affirmative formal command and then with a negative formal command, changing all object nouns to pronouns in your response.

Modelo ¿Cuelgo los globos en el jardín?
Sí, cuélguelos. No, no los cuelgue.

1. ¿Hago las tortillas ahora? ______________________
____
2. ¿Saco el pastel del refrigerador ya? ______________________
____
3. ¿Sirvo los refrescos ahora? ______________________
____
4. ¿Pongo la música ya? ______________________
____
5. ¿Coloco los regalos en la mesa de la sala? ______________________
____

Nombre_______________ Fecha_______________ Clase_______________

2. Answer each of the following questions with a "let's" command, first in the affirmative and then in the negative. Use reflexive pronouns and object pronouns in your responses.

Modelo ¿Nos reunimos el próximo fin de semana?
Sí, reunámonos. No, no nos reunamos.

1. ¿Planeamos hacer un viaje en coche? _______________
____
2. ¿Nos quedamos una noche en un hotel? _______________
____
3. ¿Nos llevamos a los abuelos con nosotros? _______________
____
4. ¿Visitamos a los tíos por el camino? _______________
____
5. ¿Volvemos a casa el domingo tarde? _______________
____

3. Fill in the blanks of the dialogue with the command forms of the verbs in the list. One of the verbs is used twice.

darnos	dejar	faltar	llegar	tener
decirme	divertirse	irse	salir	

PADRE: Andrea, no 1. _______________ tarde.

MADRE: Y 2. _______________ mucho cuidado al conducir, hija.

ANDREA: Ay, ustedes dos: 3. _______________ de preocuparse tanto. No soy una niña, saben. Apuesto a que a mis hermanos mayores ustedes les decían: "4. _______________ mucho". Nada de llegar a casa temprano.

MADRE: 5. _______________ en cuenta que vives bajo nuestro techo y debes seguir nuestras reglas.

ANDREA: Sí, sí. Vosotros, oh grandes padres de mucha sabiduría, 6. _______________ qué hacer y lo haré.

PADRE: No nos 7. _______________ el respeto, Andrea Francesca.

ANDREA: Perdón. ¿Me puedo ir?

MADRE: Sí, 8. _______________, pero primero 9. _______________ un beso.

PADRE (al irse Andrea): Oye, viejita, ¡10. _______________ nosotros también! ¡La noche es joven!

Nombre_________________________________ Fecha________________ Clase____________________

4. List five things that your parents normally tell you to do when you are home. Next, list five things that they normally tell you not to do. Use familiar commands.

Sí:

1. ____
2. ____
3. ____
4. ____
5. ____

No:

6. ____
7. ____
8. ____
9. ____
10. ____

C. Possessive adjectives and pronouns

1. Complete with the Spanish equivalents of the words in parentheses.

1. *(My)* ________________ hijos están aquí. ¿Dónde están *(yours)* ________________?
2. Un tío *(of ours)* ________________ va a visitarnos mañana. *(Our)* ________________ tía está enferma y no puede venir.
3. *(Her)* ________________ fiestas favoritas son los cumpleaños. *(Mine)* ________________ son las bodas.
4. Te presento a *(my)* ________________ hermana y a *(her)* ________________ compañera de la universidad.
5. Un abuelo *(of mine)* ________________ vive en la capital, pero *(his)* ________________ vive cerca de aquí.
6. *(His)* ________________ novia sabe preparar platos mexicanos. *(Mine)* ________________ no sabe cocinar.
7. *(Their)* ________________ padres y *(mine)* ________________ salen mañana para Brasil.
8. *(His)* ________________ parientes y *(ours)* ________________ no viven en el mismo barrio.

Nombre____________________ Fecha__________ Clase__________

2. Answer the following questions using the appropriate form of the possessive.

1. ¿Cómo son tus días en la universidad?

____

____

2. ¿Es tu rutina similar a la de tus compañeros de cuarto?

____

____

3. ¿Te visitan tus amigos de la escuela secundaria en la universidad?

____

____

4. A tus compañeros de cuarto ¿les visitan sus amigos de la escuela secundaria?

____

____

5. ¿Son tus clases más difíciles que las de tus compañeros de cuarto?

____

____

6. ¿Aprenden mucho tus compañeros de clase y tú de sus profesores?

____

____

Nombre________________ Fecha________ Clase________

Actividades creativas

A. Una conversación entre padres e hijos

There are four members in the Gutiérrez family: the parents, a daughter, and a son. The family is getting ready to go on vacation. The parents tell their children what they need to do prior to the trip. The son thinks that the daughter needs to do everything, but the daughter disagrees. Write a dialogue to represent the scene.

B. Un correo electrónico persuasivo

You would like your Spanish class to engage in volunteer work once a week at a nursing home located at a Hispanic neighborhood of your city. Write a letter to your professor trying to convince him/her to implement your idea. Explain why you are confident that this initiative will be a success.

Nombre_______________ Fecha_______________ Clase_______________

C. Un brindis de boda

A close family member is getting married and you have been asked to make the wedding toast. Write your speech using the following questions as a guide. Make sure to use commands when you express your wedding wishes to the couple.

1. ¿Dónde se conocieron los novios?
2. ¿Qué cosas tienen en común? ¿Por qué están hechos el uno para el otro?
3. ¿Qué buenos deseos para el futuro quieres expresarles?

Nombre________________________ Fecha______________ Clase________________

El arte de escribir

La opinión. Muchas veces debemos expresar por escrito nuestra opinión sobre un tema en particular. Este tipo de escritura generalmente se hace en primera persona y, a diferencia del ensayo persuasivo, no es necesario apoyar todas las opiniones con datos o argumentos específicos. El propósito de un artículo de opinión es simplemente transmitir un punto de vista y compartir la perspectiva personal sobre un tema concreto.

PARA EXPRESAR TU OPINIÓN

En mi opinión...

Desde mi perspectiva…

A mi parecer...

Personalmente, creo (firmemente) que...

Pienso que...

Opino que…

Considero que…

Para mí...

PARA EXPRESAR QUE ESTÁS SEGURO(A) DE ALGO

Lo que está claro es que...

Nadie puede negar que...

Es evidente que..

Sin lugar a dudas...

Estoy convencido(a) de que...

Por supuesto...

Temas. Escribe un párrafo para expresar tu opinión sobre uno de los temas siguientes.

Las familias numerosas. ¿Cuál es tu punto de vista personal sobre las familias numerosas? ¿Crees que debe limitarse el número de hijos que una familia pueda tener? ¿Crees que el gobierno debe dar ayudas especiales a las familias numerosas? ¿Qué ventajas o desventajas tienen las familias numerosas?

Los hábitos de juego de los niños. ¿Crees que están cambiando los hábitos de juego de los niños? ¿Juegan los niños ahora igual que jugabas tú, tus padres o tus abuelos? ¿Cuáles crees que son los factores que están favoreciendo esos cambios? ¿Crees que los cambios en los hábitos de juego infantiles son beneficiosos o no?

Nombre ______________________ Fecha ______________ Clase ______________

CAPÍTULO 5 Géneros y sociedad

Ejercicios de laboratorio

Vocabulario CD3, Track 2

You will hear six statements. Decide whether they are logical or illogical, and mark either **L (lógico)** or **I (ilógico)** in your lab manual. You will hear each statement twice.

1. L I **3.** L I **5.** L I

2. L I **4.** L I **6.** L I

Diálogo CD3, Track 3

Listen to the following conversation.

You will now hear some incomplete sentences, each followed by three possible completions. Choose the most appropriate completion and circle the corresponding letter in your lab manual. You will hear each sentence and its possible completions twice.

1. a b c **4.** a b c

2. a b c **5.** a b c

3. a b c

Now repeat the correct answers after the speaker.

Estructura

A. The present subjunctive of regular verbs CD3, Track 4

Restate each of the sentences you hear, placing the word **quizás** at the beginning and changing the verb to the appropriate form of the present subjunctive. Then, repeat the correct answer after the speaker.

Modelo Roberto desea comer algo.
Quizás Roberto desee comer algo.

1. ______________________________

2. ______________________________

3. ______________________________

4. ______________________________

5. ______________________________

6. ______________________________

7. ______________________________

8. ______________________________

Nombre ______________________ Fecha ______________ Clase ______________

B. The present subjunctive tense of *-ar* and *-er* stem-changing verbs CD3, Track 5

Restate each of the sentences you hear, placing **tal vez** at the beginning and changing the verb to the appropriate form of the present subjective. Then, repeat the correct answer after the speaker.

Modelo Pierdes las primeras escenas.
Tal vez pierdas las primeras escenas.

1. ______________________________
2. ______________________________
3. ______________________________
4. ______________________________
5. ______________________________
6. ______________________________
7. ______________________________

C. The present subjunctive of *-ir* stem-changing verbs CD3, Track 6

Restate each sentence you hear, placing the word **acaso** at the beginning and changing the verb to the appropriate form of the present subjunctive. Then, repeat the correct answer after the speaker.

Modelo Lo sienten mucho.
Acaso lo sientan mucho.

1. ______________________________
2. ______________________________
3. ______________________________
4. ______________________________
5. ______________________________
6. ______________________________
7. ______________________________

D. The present subjunctive tense of irregular verbs CD3, Track 7

Restate each sentence you hear, placing the word **ojalá** at the beginning and changing the verb to the appropriate form of the present subjunctive. Then, repeat the correct answer after the speaker.

Modelo Roberto no sabe nada.
Ojalá Roberto no sepa nada.

1. ______________________
2. ______________________
3. ______________________
4. ______________________
5. ______________________
6. ______________________
7. ______________________

E. The subjunctive with impersonal expressions CD3, Track 8

Listen to the base sentence, then restate the sentence with the impersonal expression you will hear, using the subjunctive whenever it is required. Then, repeat the correct answer after the speaker.

Modelo Es verdad que está aquí. / Es posible
Es posible que esté aquí. / Es cierto. / *Es cierto que está aquí.*

1. ______________________
2. ______________________
3. ______________________
4. ______________________

F. Negative and affirmative words CD3, Track 9

Make each sentence you hear negative. Then, repeat the correct answer after the speaker.

Modelo ¿Conoces algún refrán?
¿No conoces ningún refrán?

1. ______________________
2. ______________________
3. ______________________
4. ______________________
5. ______________________
6. ______________________

Nombre____________________ Fecha____________ Clase______________

Ejercicio de comprensión CD3, Track 10

You will now hear three short passages, followed by several true-false statements each. Listen carefully to the first passage.

Indicate whether the following statements are true or false by circling either **V (verdadero)** or **F (falso)** in your lab manual. You will hear each statement twice.

1. V F

2. V F

3. V F

Listen carefully to the second passage.

Now circle either **V** or **F** in your lab manual.

4. V F

5. V F

6. V F

7. V F

Listen carefully to the third passage.

Now circle either **V** or **F** in your lab manual.

8. V F

9. V F

10. V F

11. V F

Nombre ______________________ Fecha ____________ Clase ______________

Actividades de gramática

A. The present subjunctive

1. Complete with the present subjunctive form of the verb in parentheses.

1. Ojalá que ellos (salir) ______________________ temprano.

2. Quizás Carlos y Concha (llegar) ______________________ a tiempo al cine.

3. Tal vez yo no (poder) ______________________ hacerlo.

4. Ojalá que él me (dar) ______________________ los boletos.

5. Acaso los estudiantes no (entender) ______________________ bien la lección.

6. Tal vez nosotros (tener) ______________________ bastante dinero para comprarlo.

7. Ojalá que ella no (decir) ______________________ muchas tonterías.

8. Quizás nosotros (dormir) ______________________ mejor en este cuarto.

9. Tal vez ella no (estar) ______________________ en casa.

10. Ojalá que su tío (saber) ______________________ el título de la película.

2. Read the partial list of the women's rights. Then express your wishes with **Ojalá que**.

Modelo Escoger el trabajo que más le convenga.
Ojalá que escoja el trabajo que más le convenga.

LOS DERECHOS DE LA MUJER

- Recibir igual remuneración que los hombres por un trabajo comparable.
- Tomar libremente la decisión de contraer matrimonio al alcanzar la edad legal.
- Decidir en pareja el número de hijos.
- Compartir conjuntamente con la pareja las responsabilidades familiares.
- No negarle el trabajo solicitado por estar embarazada.
- Ser respetada.
- Expresar abiertamente sus opiniones.

1. Ojalá que ______________________.

2. Ojalá que ______________________.

3. Ojalá que ______________________.

4. Ojalá que ______________________.

5. Ojalá que ______________________.

6. Ojalá que ______________________.

7. Ojalá que ______________________.

Nombre________________ Fecha________ Clase________

3. Answer with your personal opinion. Use **quizás** or **tal vez** and the present subjunctive.

1. ¿Cuándo se casarán ustedes?
   ____
2. ¿Tendrán ustedes hijos?
   ____
3. ¿Cuándo volverás a la universidad?
   ____
4. ¿Cuándo te convertirás en un(a) profesional?
   ____
5. ¿Cuándo trabajarás a tiempo completo?
   ____
6. ¿Cuándo podrán ustedes hacer viajes de placer?
   ____

B. The subjunctive in noun clauses

1. Complete with the correct subjunctive or indicative form of the verb in parentheses.

1. Espero que (haber) ______________ pronto una presidenta mujer en los Estados Unidos.
2. Mis padres quieren que yo (participar) ______________ en política.
3. No es cierto que yo no me (creer) ______________ capaz de hacer carrera en el Senado.
4. Temo que César no (saber) ______________ tus planes de mudarte a Washington D.C.
5. Mi familia quiere que César y yo (esperar) ______________ unos años para casarnos.
6. ¿Crees que yo (deber) ______________ hablar seriamente con César sobre nuestro futuro?
7. Mis padres prefieren que nosotros (hacer) ______________ planes con mucho cuidado.
8. Nos alegramos de que tú (haber) ______________ decidido seguir tus sueños profesionales.

2. Imagine that the new president of United States is a woman. Write her wishes for the future of the nation.

Modelo el ejército: *Espero que el ejército no tenga que participar en ninguna guerra.*

1. los bancos: ______________________________
2. el desempleo: ______________________________
3. las mujeres: ______________________________
4. los inmigrantes indocumentados: ______________________________
5. el sistema de salud: ______________________________
6. el sistema de educación pública: ______________________________

Nombre_________________________ Fecha_______________ Clase_______________

C. The subjunctive with impersonal expressions

1. Complete with the correct subjunctive or indicative form of the verb in parentheses.

   1. Es cierto que las líneas de Nazca, Perú, (ser) ______________ impresionantes.
   2. Es dudoso que las líneas (ser) ______________ pistas de aterrizaje para extraterrestres.
   3. Es posible que algún día nosotros (saber) ______________ el misterio de estas líneas.
   4. Es verdad que los científicos (descubrir) ______________ nueva información.
   5. No es seguro que los diseños (formar) ______________ parte de un calendario astronómico.
   6. Es de esperar que a los turistas les (gustar) ______________ visitar las Pampas de Jumana.
   7. Es urgente que yo (hacer) ______________ un informe sobre este monumento arqueológico.
   8. Es sorprendente que las líneas de Nazca (tener) ______________ más de 1500 años.

2. What will happen next year? Complete with your own thoughts.

   1. Es probable que ______________
   2. Es imposible que ______________
   3. Es difícil que ______________
   4. Es seguro que ______________
   5. Más vale que ______________

D. Negative and affirmative words

1. Rewrite the following sentences and answer the questions in the negative form, following the model.

   Modelo El jefe tiene algo que esconder.
   El jefe no tiene nada que esconder.

   1. ¿Sabe alguien lo que es?

      ____
   2. Hay algo que quiero contarte del jefe.

      ____
   3. ¿Tienes algunos datos interesantes?

      ____
   4. El jefe habla siempre con sus hombres de confianza.

      ____
   5. El jefe respeta todas las opiniones de las mujeres directivas de la empresa.

      ____
   6. El jefe va a disminuir el sueldo de las empleadas o las va a despedir.

      ____

2. Reflect on your country—the economics, education, politics, the youth, the situation of women—with a critical eye. What are the aspects that a visitor might not like? Write five sentences with your observations using **nada, nadie, ninguno, tampoco, nunca.**

Modelo *La clase media nunca recibe ninguna reducción en sus impuestos.*

1. ____

____

2. ____

____

3. ____

____

4. ____

____

5. ____

____

Nombre_______________ Fecha_______________ Clase_______________

Actividades creativas

A. Un poema de esperanza

Write a four-stanza poem. Each stanza should start with **Ojalá (que)**. The poem narrator could be (1) a young woman who is thinking about her future, (2) a young male who has fallen in love for the first time or (3) yourself, writing a letter to your future daughter. Be creative!

____

____

____

____

____

B. Una crítica cinematográfica

Many films perpetuate the stereotypes of the traditional male and female roles. Think of a film where the main characters are a man and a woman. Write a film review, including the following elements:

- a summary of the plot
- a description of the characters
- the stereotypes reflected in the story
- your personal opinion of the film

Pay special attention to the use of adjectives and the subjunctive.

____

____

____

____

____

____

____

____

____

C. Una tarjeta de felicitación

A close member of your family just had a baby. Write a congratulation card expressing your feelings and best wishes on the birth of the new baby.

¡Felicidades!

Nombre ______________ Fecha ______________ Clase ______________

El arte de escribir

La descripción de personas. La descripción física y psicológica implica el uso de adjetivos que ofrecen detalles y dan color y vida al texto.
Por ejemplo: *Tiene los ojos negros.*
Es más interesante para el lector leer: *Tiene los ojos muy negros, dulces y serenos.*
A continuación aparece una lista de adjetivos descriptivos. Trata de incorporar algunos en tu escritura.

RASGOS FÍSICOS

corpulento(a) *(burly)*

delicado(a) *(delicate)*

desaliñado(a) *(slovenly)*

esbelto(a) *(slender)*

pálido(a) *(pale)*

tosco(a) *(rough)*

RASGOS PSICOLÓGICOS

afable *(good-natured)*

descortés *(rude)*

imprevisible *(unpredictable)*

tenaz *(tenacious)*

testarudo(a) *(stubborn)*

tierno(a) *(affectionate)*

Temas. Escribe un párrafo descriptivo para uno de los siguientes temas.

Una pareja famosa. Escribe una descripción de una pareja famosa de actores, artistas, científicos, activistas o benefactores que tengan o hayan tenido un impacto importante en la sociedad. Sé original en tu descripción añadiendo detalles que la hagan interesante o detallada.

Un presidente de los Estados Unidos. Escribe una descripción de un presidente de los Estados Unidos que te parezca especialmente interesante o que no admires en absoluto. Trata de incluir detalles sugestivos y relevantes.

Nombre________________ Fecha__________ Clase__________

CAPÍTULO 6 Costumbres y creencias

Ejercicios de laboratorio

Vocabulario CD3, Track 11

Listen to the conversation between two friends, followed by five questions. Choose the most appropriate answer and mark it in your lab manual.

1. a. porque tiene miedo b. porque no quiere c. porque debe consolar a su hermano

2. a. porque vio un fantasma b. porque fue al cine c. porque es de noche

3. a. Está en el patio. b. Murió. c. Fue a un entierro.

4. a. que existen b. que le dan miedo c. que son creencias raras

5. a. en el paraíso b. en una leyenda c. en el patio

Diálogo CD3, Track 12

Listen to the following conversation.

You will now hear some incomplete sentences, each followed by three possible completions. Choose the most appropriate completion and circle the corresponding letter in your lab manual. You will hear each sentence and its possible completions twice. Now begin.

1. a b c

2. a b c

3. a b c

4. a b c

5. a b c

Now repeat the correct answers after the speaker.

Nombre ______________________ Fecha ______________ Clase ______________

Estructura

A. The present perfect tense CD3, Track 13

Restate each sentence you hear, changing the verb to the present perfect tense. Then, repeat the correct answer after the speaker.

Modelo Vimos esa película italiana.
Hemos visto esa película italiana.

1. ______________________________
2. ______________________________
3. ______________________________
4. ______________________________
5. ______________________________
6. ______________________________
7. ______________________________
8. ______________________________
9. ______________________________
10. ______________________________

B. The pluperfect tense CD3, Track 14

Restate each sentence you hear, changing the verb to the pluperfect tense. Then, repeat the correct answer after the speaker.

Modelo Fueron al cine por la tarde.
Habían ido al cine por la tarde.

1. ______________________________
2. ______________________________
3. ______________________________
4. ______________________________
5. ______________________________
6. ______________________________
7. ______________________________
8. ______________________________
9. ______________________________
10. ______________________________

C. Formation of the imperfect subjunctive tense CD3, Track 15

Listen to the base sentence, then substitute the subject given, making the verb agree with the new subject. Then, repeat the correct answer after the speaker.

Modelo Dudaba que Pablo asistiera al velorio.

Pablo y María

Dudaba que Pablo y María asistieran al velorio.

tú

Dudaba que tú asistieras al velorio.

1. ______________________________
2. ______________________________
3. ______________________________
4. ______________________________

D. More on the imperfect subjunctive tense CD3, Track 16

Listen to the base sentence. When you hear a new verb, restate the sentence substituting the new verb for the verb in the noun clause. Then, repeat the correct answer after the speaker.

Modelo Pablo deseaba que fueran.

salir

Pablo deseaba que salieran.

estudiar

Pablo deseaba que estudiaran.

1. ______________________________
2. ______________________________
3. ______________________________
4. ______________________________

Nombre________________ Fecha________ Clase__________

E. Sequence of tenses and use of the imperfect subjunctive tense CD3, Track 17

Following the cue provided, restate each sentence you hear, using the imperfect subjunctive tense in the noun clause. Then, repeat the correct answer after the speaker.

Modelo Dudo que lleguen hoy. Dudaba...
Dudaba que llegaran hoy.

1. ______________________________
2. ______________________________
3. ______________________________
4. ______________________________
5. ______________________________
6. ______________________________
7. ______________________________
8. ______________________________
9. ______________________________

F. Formation of the present perfect subjunctive CD3, Track 18

Replace the present subjunctive in each sentence you hear with the present perfect subjunctive tense. Then, repeat the correct answer after the speaker.

Modelo Dudo que estén aquí.
Dudo que hayan estado aquí.

1. ______________________________
2. ______________________________
3. ______________________________
4. ______________________________
5. ______________________________

G. Formation of the past perfect subjunctive tense CD3, Track 19

In each of the sentences you will hear, replace the imperfect subjunctive with the past perfect subjunctive. Then, repeat the correct answer after the speaker.

Modelo No creía que vinieran.
No creía que hubieran venido.

1. ______________________________
2. ______________________________
3. ______________________________
4. ______________________________
5. ______________________________

H. More on the sequence of tenses CD3, Track 20

Listen to the base sentence. When you hear a new verb, change the verb in the noun clause to the tense required by the cue. Then, repeat the correct answer after the speaker.

Modelo Prefieren que hablemos español.

Prefirieron

Prefirieron que habláramos español.

Preferirán

Preferirán que hablemos español.

1. ____
2. ____
3. ____
4. ____

Ejercicio de comprensión CD3, Track 21

You will now hear three short passages, followed by several true-false statements each. Listen carefully to the first passage.

Indicate whether the following statements are true or false by circling either **V (verdadero)** or **F (falso)** in your lab manual. You will hear each statement twice.

1. V F **2.** V F

3. V F **4.** V F

Listen carefully to the second passage.

Now circle either **V** or **F** in your lab manual.

5. V F **7.** V F

6. V F **8.** V F

Listen carefully to the third passage.

Now circle either **V** or **F** in your lab manual.

9. V F **11.** V F

10. V F **12.** V F

Nombre_______________ Fecha_______________ Clase_______________

Actividades de gramática

A. The perfect tenses

1. Complete with the past participle used as an adjective.

1. No tenemos que hacer los preparativos para el funeral porque ya están ________________.
2. No tienes que escribir el discurso para la ceremonia funeraria porque ya está ________________.
3. Papá no tiene que comprar las flores para el velorio porque ya están ________________.
4. Mamá no tiene que preparar la comida para la recepción funeraria porque ya está ________________.
5. Carlos no tiene que avisar a la familia porque ya está ________________.
6. No tengo que escoger la música para la ceremonia porque ya está ________________.

2. Complete with logical verbs conjugated in the future perfect or conditional perfect.

1. El año que viene, yo ________________ español por cinco años.
2. Papá ya ________________ cuando nosotros lleguemos.
3. Mis primos no me llamaron anoche. ¿Qué les ________________?
4. Si hubiera hecho sol, nosotros ________________ a la playa.
5. Con tanto dinero, yo ________________ toda Europa.
6. En su lugar, ¿ ________________ tú lo mismo?
7. Son las cinco. Ya ________________ el correo.
8. Si hubiéramos estudiado más, ________________ el examen.
9. Patti llegó bien tarde. ¿Dónde ________________?
10. Me aseguró que cuando regresara ________________ la computadora.

3. Using the past perfect tense, state five things that you had done before coming to the university. Then state five things that you have done after arriving here using the present perfect tense.

Modelo *Antes de venir a la universidad, yo había estudiado en una escuela secundaria.*
Después de llegar aquí, he aprendido mucho.

Antes de venir a la universidad…

1. ____
2. ____
3. ____
4. ____
5. ____

Después de llegar aquí…

6. ______________________________

7. ______________________________

8. ______________________________

9. ______________________________

10. ______________________________

B. The imperfect, present perfect, and past perfect subjunctive

1. Complete the following wishes with the present perfect subjunctive of the verb in parentheses.

1. Ojalá mamá (invitar) ______________ a toda la familia a la ceremonia del Día de los Muertos.
2. Ojalá mi abuelita (preparar) ______________ los dulces de calaveritas y los panes.
3. Ojalá papá (llamar) ______________ a los mariachis.
4. Ojalá mis hermanas (colgar) ______________ muchas flores en el altar.
5. Ojalá no (llover) ______________ la noche antes.
6. Ojalá mis amigos (poder) ______________ viajar desde la capital a Pátzcuaro.

2. Complete the paragraph with logical verbs conjugated in the past perfect subjunctive.

Aquí todavía no es de noche pero en Madrid ya han celebrado el Año Nuevo. ¡Ojalá que yo 1. ______________ allí con mis amigos españoles! Dudo que nosotros no 2. ______________ las doce uvas de la medianoche. Aunque este año quizás Pilar no 3. ______________ a la Plaza Mayor con nosotros para celebrarlo porque acaba de tener un bebé. Ojalá que yo 4. ______________ a su bebé estas Navidades. Ella siempre me llama y me dice: «Espero que el año nuevo te traiga paz, amor y felicidad». No creía que este año ella se 5. ______________ de llamar, pero lo entiendo porque debe estar muy ocupada con su nueva familia.

3. Using the imperfect subjunctive, list six things that were necessary for you to do before you came to class today.

Modelo *Fue necesario que yo estudiara la lección.*

1. ______________________________
2. ______________________________
3. ______________________________
4. ______________________________
5. ______________________________
6. ______________________________

Nombre ______________________ Fecha ______________ Clase ______________

C. Sequence of tenses

1. Complete the following sentences with the corresponding subjunctive tense of the verb in parentheses.

1. Es interesante que en México las personas (entender) ____________ la muerte como una celebración de la vida.
2. No sabía que las actitudes hispánicas ante la muera (tener) ____________ una raíz indígena.
3. Los aztecas no creían que la muerte (ser) ____________ el final de la vida.
4. En muchas culturas occidentales los adultos no creen que los niños (deber) ____________ tener contacto directo con la muerte.
5. No sabíamos que la expresión ¡Que en paz descansen! (significar) ____________ *May they rest in peace.*

2. What were your expectations before starting college? Use the imperfect subjunctive when describing the things you were or were not expecting.

Modelo *Esperaba que mis compañeros de cuarto fueran amables.*

1. ____

   ____
2. ____

   ____
3. ____

   ____
4. ____

   ____
5. ____

   ____
6. ____

   ____

Nombre ______________________ Fecha ______________ Clase ______________

Actividades creativas

A. Las supersticiones

1. All societies have beliefs and superstitions that influence the way they live their lives. What is the meaning of the following common superstitions?

1. un gato negro: ______________________

2. un espejo roto: ______________________

3. el número trece: ______________________

4. una pata de conejo: ______________________

5. pasar por debajo de una escalera: ______________________

2. Indicate your attitude toward the superstitions above using the expressions in the list.

Modelo *Es dudoso que un gato negro traiga mala suerte.*

Es mejor	Más vale	No es cierto	Es ridículo
Es dudoso	No creo	No es probable	Es preferible

1. ______________________

2. ______________________

3. ______________________

4. ______________________

5. ______________________

3. Why do you think some people believe in superstitions? Write your opinion in a brief paragraph.

____

B. Una encuesta

You receive a phone call from a company that is conducting a survey on beliefs and religious practices. Answer each question with a complete sentence.

1. ¿Va tu familia a la iglesia/a la sinagoga/al templo siempre, algunas veces o nunca?

   ____

2. ¿Hay alguien en tu casa que no tenga creencias religiosas fuertes?

   ____

3. ¿Es la religión motivo de alguna discusión familiar?

   ____

4. ¿Crees que la religión es la causa de todas las tensiones interculturales?

   ____

5. ¿Hay algún tema sobre el cual nunca hablen en su familia, como el aborto, el divorcio, los matrimonios entre parejas del mismo género, etcétera?

   ____

El arte de escribir

La descripción de paisajes, objetos y entidades. La descripción de paisajes, objetos y entidades es semejante a la descripción física y psicológica de personas. Es cuestión de utilizar adjetivos y otras palabras que ayuden al lector a visualizar el paisaje, objeto o entidad. Por ejemplo:

La vida de los campesinos de Colombia es difícil y las casas donde viven son humildes.

La descripción se puede mejorar añadiendo más detalles:

La vida de los campesinos de Colombia es difícil, laboriosa y un poco incierta; las casas donde viven son humildes y no son especialmente cómodas ni seguras.

A continuación hay una lista de palabras que puedes incorporar en las descripciones de paisajes y objetos.

VERBOS PARA DESCRIBIR

asomar *(to appear)*

distinguirse *(to distinguish itself)*

emerger *(to surface, emerge)*

existir *(to exist)*

parecer *(to seem)*

situarse *(to be located)*

surgir *(to rise)*

vislumbrar *(to glimpse)*

ADJETIVOS PARA DESCRIBIR

aislado(a) *(isolated)*

amplio(a) *(spacious)*

antiguo(a) *(old)*

árido(a) *(dry)*

bullicioso(a) *(noisy)*

despejado(a) *(clear)*

inmenso(a) *(huge)*

maloliente *(foul-smelling)*

Situaciones. Escribe un párrafo descriptivo para una de las siguientes situaciones.

Un cuento tradicional. El grupo de teatro del centro comunitario hispano donde trabajas como voluntario(a) va a representar un cuento tradicional infantil. Tienes que escribir un párrafo describiendo el paisaje, los objetos que forman el ambiente *(atmosphere)* de la historia y cualquier otra entidad relevante para montar el escenario *(stage)*. El grupo usará tu párrafo para construir el escenario, entonces necesitas incluir detalles relevantes en tu descripción.

Se vende. Imagínate que tu casa, tu edificio de apartamentos o tu restaurante favorito están a la venta. Escribe un párrafo describiendo la propiedad y sus alrededores para atraer a posibles compradores. Incluye detalles sugerentes en tu descripción.

Nombre________________ Fecha_________ Clase_________

CAPÍTULO 7 Temas económicos

Ejercicios de laboratorio

Vocabulario CD4, Track 2

Listen to the following incomplete statements. Choose the most logical completion from the list. You will hear each statement twice.

de menores recursos	estimular el intercambio comercial
el desempleo aumentó un 6%	inversión extranjera
entre ricos y pobres	un promedio del 4% anual

1. ________________
2. ________________
3. ________________
4. ________________
5. ________________
6. ________________

Now repeat the correct answers after the speaker.

Diálogo CD4, Track 3

Listen to the following conversation.

You will now hear some incomplete sentences, each followed by three possible completions. Choose the most appropriate completion and circle the corresponding letter in your lab manual. You will hear each sentence and its possible completions twice.

1. a b c
2. a b c
3. a b c
4. a b c
5. a b c
6. a b c

Now repeat the correct answers after the speaker.

Estructura

A. The subjunctive in adjective clauses with indefinite antecedents CD4, Track 4

Following the model, change the verb in the adjective clause to the subjunctive, to show that the antecedent is now indefinite. Then, repeat the correct answer after the speaker.

Modelo José tiene un libro que le gusta. Busca...
José busca un libro que le guste.

1. ______
2. ______
3. ______
4. ______
5. ______
6. ______
7. ______
8. ______

B. The subjunctive in adjective clauses with negative antecedents CD4, Track 5

Following the model, change the verb in the adjective clause to show that the antecedent is negative. Then, repeat the correct answer after the speaker.

Modelo Hay una clase que le gusta. No hay ninguna clase...
No hay ninguna clase que le guste.

1. ______
2. ______
3. ______
4. ______
5. ______
6. ______

C. The subjunctive after indefinite expressions CD4, Track 6

Listen to the base sentence. When you hear a new verb, repeat the sentence, replacing the verb that follows the indefinite expression with the correct form of the new verb. Then, repeat the correct answer after the speaker.

Modelo Cuandoquiera que vengan, los voy a acompañar.

salir

Cuandoquiera que salgan, los voy a acompañar.

entrar

Cuandoquiera que entren, los voy a acompañar.

1. ______
2. ______
3. ______
4. ______

D. The uses of *por* and *para* CD4, Track 7

Answer the following questions affirmatively. Then, repeat the correct answer after the speaker.

Modelo ¿Por quién lo hiciste? ¿Por él?
Sí, lo hice por él.

1. ______
2. ______
3. ______
4. ______
5. ______
6. ______
7. ______
8. ______
9. ______

Ejercicio de comprensión CD4, Track 8

You will now hear three short passages, followed by several true-false statements each. Listen carefully to the first passage.

Indicate whether the following statements are true or false by circling either **V (verdadero)** or **F (falso)** in your lab manual. You will hear each statement twice.

1. V F
2. V F
3. V F
4. V F
5. V F

Listen carefully to the second passage.

Now circle either **V** or **F** in your lab manual.

6. V F
7. V F
8. V F

Listen carefully to the third passage.

Now circle either **V** or **F** in your lab manual.

9. V F
10. V F
11. V F
12. V F

Nombre ______________________ Fecha ______________ Clase ______________

Actividades de gramática

A. Relative pronouns

1. Complete with appropriate relative pronouns.

1. Vicente es el chico _________ dirige nuestra oficina de Guadalajara.
2. El periódico _________ está en la mesa es Portfolio de Colombia, _________ ofrece información financiera actualizada.
3. Tienen la entrevista en las oficinas principales de Repsol _________ están cerca del centro.
4. El hombre con _________ hablan es el director de la compañía.
5. La empresa de _________ hablo es argentina.
6. La muchacha a _________ mandó llamar es su asistente administrativa.
7. Esa mujer _________ ocupa el cubículo de al lado es puertorriqueña.
8. La biblioteca de la firma, _________ están todos los archivos de consulta, es muy antigua.
9. Sus oficinas, dentro de _________ hay obras de arte, son muy bonitas.
10. _________ no se arriesgan en la vida, no llegarán lejos.
11. Oyeron un rumor en la oficina _________ les pareció extraño y del _________ no supieron su procedencia.

2. First, complete the question with a relative pronoun from the list. Then answer the question with your personal opinion.

cuya	de las que	los que
cuyos	lo cual	quienes

1. ¿Es el director o los empleados ______ tienen la responsabilidad de tomar decisiones en la compañía?

   ____

2. En la economía actual, ¿son los trabajos en banca o los trabajos en computación ______ tienen mejores salidas laborales?

   ____

3. Los hombres y mujeres profesionales, ______ sueldos no son iguales, ¿tienen las mismas oportunidades de avanzar?

   ____

4. ¿Estás a favor o en contra de la deslocalización *(outsourcing)* de la producción, ______ influencia a nivel mundial se está viendo hoy?

   ____

5. ¿Son las corporaciones internacionales ______ has oído hablar generalmente beneficiosas o perjudiciales para las economías de los países en vías de desarrollo?

   ____

B. The subjunctive in adjective clauses

1. Complete with the correct form of the verb in parentheses. Use either the indicative or the subjunctive mood, depending upon the antecedent being modified by the adjective clause.

1. Busca un empleo que (ser) ____________ bueno.
2. No hay ninguna tierra que (valer) ____________ más que esta.
3. No conozco a nadie que se (haber) ____________ mudado a la capital.
4. Estoy seguro de que hay alguien que (querer) ____________ comprar la choza.
5. La señora Ortiz quería un vestido que (estar) ____________ hecho a mano.
6. He leído un libro que (tratar) ____________ de la situación económica.
7. El jefe quiere emplear a una secretaria que (saber) ____________ español.
8. Su padre quiere tener una vida que (ofrecer) ____________ más oportunidades.
9. La empresa le ha retirado a mi hermano el coche que él (conducir) ____________ durante el año pasado.
10. Conocemos a una persona que (poder) ____________ darnos información de las acciones.
11. Buscábamos un asesor financiero que (ser) ____________ honesto.
12. ¿Hay un banco que (dar) ____________ créditos a bajo interés?
13. Había necesidad de alguien que (saber) ____________ de computadoras.
14. Encontraron a un asesor financiero que (manejar) ____________ sus finanzas bien.

2. You are working for a new company that exports and imports products to and from Latin America. List eight things that the new company needs. Use adjective clauses and the subjunctive.

Modelo Necesitamos...
(personas) *Necesitamos personas que quieran invertir dinero en la compañía.*

Necesitamos...

1. (un edificio) ____
2. (empleados) ____
3. (una secretaria) ____
4. (un gerente) ____
5. (anuncios) ____
6. (un préstamo) ____
7. (vendedores) ____
8. (clientes) ____

Nombre ______________________ Fecha ______________ Clase ______________

C. Subjunctive vs. indicative after indefinite expressions

1. Complete with the correct form of the verb in parentheses. Use either the indicative or the subjunctive mood, depending upon the indefinite expression.

1. Cualquier persona que (tener) ____________ ahorros, tendrá una jubilación tranquila.

2. Por muy rico que (ser) ____________, él nunca gasta mucho dinero.

3. Cuandoquiera que ellos (encontrar) ____________ trabajo, estaré contenta.

4. Dondequiera que Uds. (viajar) ____________ ella querrá ir también.

5. Por muy cansada que ella (estar) ____________, seguirá trabajando.

6. Por caro que (ser) ____________ el producto, lo compraré.

7. Comoquiera que tú lo (hacer) ____________, estará bien hecho.

8. Adondequiera que nosotros (ir) ____________, siempre nos encontramos con Julián.

2. Make up some proverbs and sayings! Complete with your own ideas. Be creative!

Modelo Por mucho dinero que... *tengas, siempre necesitarás más.*

1. Por muy difícil que... ____

2. No por madrugar... ____

3. Dondequiera que... ____

4. Cualquier cosa que... ____

5. Por muy pobre que... ____

Nombre ______ Fecha ______ Clase ______

D. *Por* and *para*

1. Complete with either **por** or **para**, depending upon the meaning of the sentence.

1. En la entrevista me tomaron ______ extranjera.
2. Salimos mañana ______ la capital en viaje de negocios.
3. ______ un hombre de setenta años, todavía trabaja mucho.
4. Fue al banco a ______ moneda nacional.
5. Nos quedan tres candidatos ______ entrevistar.
6. Todos los lunes el jefe se pasaba ______ las oficinas de los empleados.
7. Les mandó los documentos ______ correo electrónico.
8. El informe fue preparado ______ el gerente.
9. Es un archivador ______ documentos.
10. Ella estudia ______ traductora.
11. Vendieron la empresa ______ menos de lo que realmente valía.
12. Informaron a los candidatos ______ teléfono de los resultados de las entrevistas.
13. Los empleados trabajaban duro ______ la compañía.
14. La directora tenía buenas noticias ______ los accionistas.
15. Escribí la carta ______ él porque tenía otros proyectos urgentes que terminar.
16. Son las ocho y todos están listos ______ salir.
17. Tenían que vender la compañía ______ no tener dinero ______ pagar las deudas.
18. Tenemos que terminar la presentación del nuevo producto ______ el viernes.
19. Todos los empleados están ______ ir a la huelga la semana que viene.
20. Ellos sufren mucho ______ trabajar tanto y ganar tan poco.
21. Los beneficios laborales son ______ todos los trabajadores a tiempo completo.
22. Las computadoras todavía están ______ actualizarse.
23. Hablé ayer con el nuevo asistente administrativo ______ primera vez.
24. Hay una oficina grande ______ los estudiantes en prácticas.

2. You are asking for a $500 raise to your boss. First, complete the questions with either **por** or **para**; then write your responses.

1. ¿______ qué necesitas quinientos dólares?

____

2. ¿______ cuándo necesitas el dinero?

____

3. Te subiré el sueldo si trabajas ______ mí en dos nuevos proyectos, ¿de acuerdo?

____

4. ¿______ cuántas horas estarías dispuesto(a) a trabajar?

____

5. ¿Prefieres trabajar ______ las mañanas o por las tardes?

____

6. De acuerdo. Tendrás la subida (*raise*) de sueldo de quinientos dólares ______ la próxima semana. ¿Tienes alguna pregunta ______ mí?

____

Nombre ______________________ Fecha ______________ Clase ______________

Actividades creativas

A. La pobreza

October 17 is the International Day for the Eradication of Poverty. In observation of this day, you create four posters in Spanish, indicating in each one measures that people with insufficient resources need to see implemented in order to improve their lives.

Modelo *Los pobres necesitan una educación que sea buena.*

______________________ ______________________	______________________ ______________________
______________________ ______________________	______________________ ______________________

B. Profesiones en demanda

What do you think are the careers most in demand? Prepare two ads, one for a job that requires a degree and one for a job that does not. Pay special attention to the use of indicative or subjunctive in the job descriptions.

Se busca ______________________.	Se busca ______________________.
Se necesita una persona que ______________. ______________________	Se necesita una persona que ______________. ______________________
Se requiere que el candidato ______________.	Se requiere que el candidato ______________.
Se espera que la persona ______________. ______________________	Se espera que la persona ______________. ______________________
Se ofrece un sueldo que ______________. ______________________	Se ofrece un sueldo que ______________. ______________________
Interesados enviar CV a empleos@universal.com	Interesados enviar CV a empleos@universal.com

Nombre ________________ Fecha ________ Clase ________

C. Autoestudio: ¿soy derrochador, moderado o ahorrador?

Some people are very conservative with their expenses and they only buy the basic items to live a simple life. On the other hand, some people buy any superfluous item that might appeal to them. What kind of consumer are you?

First, create five questions related to attitudes toward money and expenditures. Then answer them honestly. Finally, based on your responses, determine whether you are extravagant, moderate, or frugal in your spending.

1. ¿________________________________?

   ____

2. ¿________________________________?

   ____

3. ¿________________________________?

   ____

4. ¿________________________________?

   ____

5. ¿________________________________?

   ____

Resultado: Yo soy ________________________________

porque ________________________________.

El arte de escribir

La narración. La narración generalmente describe una serie de acciones relacionadas con un evento del que una persona hay sido partícipe o testigo. Aunque no siempre, la mayoría de las veces la narración se construye en el tiempo pasado. El pretérito y el imperfecto son los tiempos verbales más comunes en la narración de historias. El imperfecto generalmente describe el fondo o la situación de la narración, mientras que el pretérito normalmente describe las acciones concretas que ocurrieron.

Al escribir una narración, se comienza decidiendo el tema que se va a tratar y los detalles que se van a incluir; es siempre recomendable preparar una lista de las ideas que se quieren contar. Después, hay que darles un orden razonable; frecuentemente se usa el orden cronológico.

Generalmente se distinguen tres partes dentro de la narración: la que describe el fondo o la situación, la serie de acciones específicas y la sección final que narra el resultado de las acciones o introduce una nueva situación.

Temas. Escribe una narración basada en uno de los siguientes temas.

La peor entrevista de trabajo. Escribe una composición de tres párrafos sobre la peor entrevista de trabajo que hayas tenido. Primero, prepara una lista de los detalles que vas a incluir y luego ponlos en orden lógico.

La mejor sorpresa que te han dado. Escribe una composición de tres párrafos sobre la mejor sorpresa que te han dado en tu vida. Puede ser un recuerdo de tu niñez, de tu época de la escuela secundaria o de un momento reciente en la universidad. Primero, prepara una lista de los detalles que vas a incluir y luego ponlos en orden lógico.

Nombre ________________ Fecha ________ Clase ________

CAPÍTULO 8 Revoluciones y protestas

Ejercicios de laboratorio

Vocabulario CD4, Track 9

You will hear five definitions. For each one, choose the most appropriate word. Then, repeat the correct answer after the speaker.

1. a. ejercer b. efectuar c. modificar

2. a. ejército b. dictadura c. rebelde

3. a. apoyo b. éxito c. ideología

4. a. rebelde b. fuerza c. secuestro

5. a. pertenecer b. modificar c. ejercer

Diálogo CD4, Track 10

Listen to the following conversation.

You will now hear some incomplete sentences, each followed by three possible completions. Choose the most appropriate completion and circle the corresponding letter in your lab manual. You will hear each sentence and its possible completions twice. Now begin.

1. a b c

2. a b c

3. a b c

4. a b c

5. a b c

6. a b c

Now repeat the correct answers after the speaker.

Estructura

A. The subjunctive in adverbial time clauses CD4, Track 11

Restate the sentence you will hear, changing the verb in the adverbial time clause as indicated by the cue. Then, repeat the correct answer after the speaker.

Modelo Vamos antes que nos vea.

hablar

Vamos antes que nos hable.

oír

Vamos antes que nos oiga.

1. ____________________

2. ____________________

3. ____________________

Nombre______________________ Fecha____________ Clase______________

B. More on adverbial time clauses CD4, Track 12

After you hear each sentence, change the verb in the main clause to the future tense and the verb in the adverbial time clause to the present subjunctive. Then, repeat the correct answer after the speaker.

Modelo Te hablo cuando llegas a la oficina.
Te hablaré cuando llegues a la oficina.

1. ______________________________
2. ______________________________
3. ______________________________
4. ______________________________
5. ______________________________
6. ______________________________

C. Adverbial time clauses referring to the past CD4, Track 13

Following the model, change the verbs in the sentences you will hear to the corresponding past tenses. Then, repeat the correct answers after the speaker.

Modelo José dice que volverá después que ellos se vayan.
José dijo que volvería después que ellos se fueran.

1. ______________________________
2. ______________________________
3. ______________________________

D. The reciprocal construction CD4, Track 14

Following the model, change the following sentences to express the idea of a reciprocal action. Then, repeat the correct answer after the speaker.

Modelo Emilio habla con su papá todos los días.
Emilio y su papá se hablan todos los días.

1. ______________________________
2. ______________________________
3. ______________________________
4. ______________________________
5. ______________________________

Nombre______________________ Fecha______________ Clase______________

E. The reflexive for unplanned occurrences CD4, Track 15

Following the model, use the reflexive **se** construction to indicate an unplanned occurrence. Then, repeat the correct answer after the speaker.

Modelo Olvidé el dinero.
Se me olvidó el dinero.

1. ______________________________
2. ______________________________
3. ______________________________
4. ______________________________
5. ______________________________
6. ______________________________

F. The true passive construction CD4, Track 16

Change each sentence you hear from the active to the true passive construction. Then, repeat the correct answer after the speaker.

Modelo Velázquez pintó ese cuadro.
Ese cuadro fue pintado por Velázquez.

1. ______________________________
2. ______________________________
3. ______________________________
4. ______________________________
5. ______________________________
6. ______________________________
7. ______________________________
8. ______________________________

Nombre________________ Fecha__________ Clase__________

G. The passive voice with the reflexive *se* CD4, Track 17

Answer each of the following questions affirmatively, using the reflexive **se** in your reply. Then, repeat the correct answer after the speaker.

Modelo ¿Venden libros en esa tienda?
Sí, en esa tienda se venden libros.

1. ______________________________
2. ______________________________
3. ______________________________
4. ______________________________
5. ______________________________
6. ______________________________
7. ______________________________
8. ______________________________
9. ______________________________
10. ______________________________

Ejercicio de comprensión CD4, Track 18

You will now hear two passages, followed by several true-false statements each. Listen carefully to the first passage.

Indicate whether the following statements are true or false by circling either **V (verdadero)** or **F (falso)** in your lab manual. You will hear each statement twice.

1. V F **3.** V F

2. V F **4.** V F

Listen carefully to the second passage.

Now circle either **V** or **F** in your lab manual.

5. V F **8.** V F

6. V F **9.** V F

7. V F

Nombre_______________ Fecha_______________ Clase_______________

Actividades de gramática

A. Subjunctive and indicative in adverbial time clauses

1. Complete with the correct form of the verb in parentheses as required by the meaning of the sentence.

1. Siempre hay peligro cuando (existir) ____________ injusticia social.
2. Los portavoces políticos se marcharon antes de que los periodistas (poder) ____________ hacerles preguntas sobre la huelga.
3. Los activistas dijeron que seguirían protestando hasta que el gobierno (crear) ____________ más puestos de trabajo.
4. Cuando ellos (comenzar) ____________ las negociaciones con el gobierno, sus peticiones no eran realistas.
5. Mientras los trabajadores (estar) ____________ en huelga, tendremos que cerrar la fábrica.
6. No regresaremos al trabajo hasta que la compañía (decir) ____________ que sí a nuestras peticiones.
7. Tan pronto como los trabajadores (recibir) ____________ una compensación justa, cesaron las protestas en la calle.
8. Cuando escucho las noticias, siempre se (hablar) ____________ de algún conflicto político.
9. Cuando yo (reunirse) ____________ con el presidente, le diré que el pueblo está sufriendo las consecuencias de la corrupción.
10. Las clases desfavorecidas trabajan duro para que sus hijos (tener) ____________ acceso a una buena educación y a mejores puestos de trabajo.

2. You are a newspaper reporter. You have just returned from Latin America, where you conducted an interview with a dictator who has promised to make sweeping political and social reforms in his country. Relate the conditions under which he told you that reforms would be made.

Modelo *Dijo que iniciaría reformas cuando se terminara el terrorismo.*

1. Dijo que liberaría a los prisioneros políticos tan pronto como ____________________.
2. Dijo que habría elecciones democráticas en cuanto ____________________.
3. Dijo que cooperaría con la Iglesia después de que ____________________.
4. Dijo que empezaría a hacer reformas sociales cuando ____________________.
5. Dijo que crearía más trabajos para las clases desfavorecidas tan pronto como ____________________

   ____________________.
6. Dijo que construiría más escuelas cuando ____________________.
7. Dijo que apoyaría una nueva reforma agraria cuando ____________________.
8. Dijo que establecería mejores relaciones con los Estados Unidos tan pronto como ____________________

   ____________________.

Nombre______________________ Fecha______________ Clase______________

3. You are an activist fighting to improve the quality of life of women working in maquilas in border towns of Mexico. Write six requests you and a group of women workers have developed to submit to the president of the corporation.

1. Queremos ______________________ antes de que ______________________.
2. No descansaremos en ______________________ hasta que ______________________.
3. Seguiremos luchando por ______________________ mientras ______________________.
4. No es justo que ______________________ cuando ______________________.
5. Necesitamos ______________________ después de que ______________________.
6. Tan pronto como ______________________ estaremos ______________________.

B. The reciprocal construction

1. Complete with a form of **uno... otro.**

Modelo *Ellos se engañaron los unos a los otros.*

1. Los revolucionarios se apoyan ______________.
2. Mis compañeros del partido y yo hablamos bien ______________.
3. El presidente y el vicepresidente se pelean ______________.
4. Los trabajadores se preocupan ______________.
5. Ambos bandos sospechan ______________.

2. Complete with names of people you know and reciprocal actions.

Modelo *Trevor y yo nos saludamos todos los días en la universidad.*

1. ______________________________ todas las tardes en la biblioteca.
2. ______________________________ dos veces por semana.
3. ______________________________ durante la clase.
4. ______________________________ cuando se ven en el pasillo.
5. ______________________________ con las lecciones diarias.

C. The reflexive for unplanned occurrences

1. Rewrite the sentences using the reflexive for unplanned occurrences.

Modelo Me olvidé de la reunión.
Se me olvidó la reunión.

1. Nos olvidamos de votar.

____

2. Perdí las notas que había tomado durante la asamblea.

____

3. La presidenta rompió el micrófono mientras daba su discurso.

____

4. Los activistas agotaron la paciencia.

____

5. Te olvidaste de los nombres de los representantes del otro partido.

____

6. Ellos perdieron el dinero que habían recaudado en la asamblea.

____

2. Complete with a logical reflexive construction.

1. ______________ los deseos de cambiar el país.
2. ______________ el tiempo en que él también luchaba contra las injusticias sociales.
3. ______________ una buena idea para mejorar la situación de la mujer que trabaja en casa y fuera de casa.
4. ______________ los fondos para invertir en educación pública.
5. ______________ el mundo al suelo cuando perdió las elecciones.

D. The passive voice

1. Change each of the following sentences from the active to the passive voice.

Modelo Mabel escribió la carta.
La carta fue escrita por Mabel.

1. La FARC secuestró al ministro.

____

____

2. Los narcotraficantes construyeron muchas redes de tráfico ilegal de drogas.

____

____

3. Mi profesora escribió un artículo muy interesante sobre la historia de la guerrilla en América Latina.

____

____

4. La policía de la frontera castigó a los inmigrantes que intentaban cruzar la frontera sin documentos.

____

____

5. La dictadura oprimió al país durante décadas.

____

____

2. Change the following sentences from the active to the passive voice, using **se** with no agent expressed.

Modelo El periódico cuenta noticias de la crisis económica todos los días.
Se cuentan noticias de las crisis económica todos los días.

1. Ellos habían anunciado la manifestación.

____

2. Los manifestantes mostraron carteles con mensajes de crítica al gobierno.

____

3. La policía controló a los manifestantes.

____

4. El gobierno no arregla los problemas del país.

____

5. Los jóvenes piden un cambio de gobierno.

____

3. Answer the following questions about the last presidential elections using the passive voice.

1. Antes de las elecciones, ¿quién gobernaba el país?

____

2. ¿A quién seleccionó el partido demócrata como su candidato?

____

3. ¿En qué año elegimos a nuestro presidente?

____

4. ¿A quién se invistió *(sworn in)* como nuevo presidente?

____

Nombre________________________________ Fecha______________ Clase__________________

Actividades creativas

A. Problemas mundiales

You have been invited as a speaker at an international conference for the youth. The theme for your speech is "**El mundo será un mejor sitio para vivir.**" Before you write your speech, prepare a list of the ideas you wish to discuss. Use adverbial clauses with **cuando, tan pronto como, después que, en cuanto** to express your opinions and vision for the future.

Sugerencias: los gobiernos / hacer esfuerzos para proteger la naturaleza
todos los seres humanos / ser más responsables
los jóvenes / hacerse más activos
los niños / no tener hambre
la gente / tener acceso a agua limpia
¿ ?

Modelo *El mundo será mejor cuando la gente se preocupe de...*

El mundo será mejor...

1. ____

2. ____

3. ____

4. ____

5. ____

6. ____

7. ____

8. ____

B. Demandas de los estudiantes

What changes would you like to see implemented in your school? Think about the diversity among students, school policies, course offerings and schedules, extracurricular activities, meal services, athletic services. As your class representative you have been asked to talk to the president about these changes. Write the students' demands below.

____

____

____

____

____

____

____

____

C. Un barrio pobre

Think of an impoverished neighborhood that you are familiar with in your community, your country, or in another country. Describe what conditions from the way people live in that specific community could cause a revolution. Use the passive voice in your description.

____

____

____

____

____

____

____

____

Nombre______________________ Fecha______________ Clase______________

El arte de escribir

La exposición. La exposición consiste esencialmente en una explicación o una declaración de un tema o argumento. Frecuentemente la exposición gira sobre cuestiones abstractas o literarias, pero también puede ser sobre cualquier tema de interés público. Para escribir una exposición es necesario formular una pregunta y responderla en el ensayo. En un ensayo el objetivo es hacer que el lector comprenda la idea, por eso la exposición debe ser de tono racional y no emotivo o sentimental. La extensión y lo detallado del ensayo resultarán de la complejidad del tema. Si se hace una pregunta como *¿De qué tratan las obras de Borges?,* se tendría que escribir un libro entero para agotar el tema. Pero, si se pregunta, *¿De qué trata el cuento «Un día de éstos» del colombiano García Márquez?,* se podría contestar así:

> *El ambiente del cuento refleja las guerras fratricidas que caracterizaron las luchas entre liberales y conservadores en Colombia entre 1948 y 1958. El cuento muestra cómo «La Violencia» (como dicen los colombianos) tuvo un efecto profundo en todo el país, especialmente en las zonas rurales.*

Evidentemente, en cualquier ensayo puede variar la cantidad de temas y detalles que se deseen discutir.

Situaciones. Escribe una exposición basada en una de las siguientes situaciones.

La clase de civilización hispánica. En tu clase de civilización hispánica están estudiando la Revolución cubana. Haz una pregunta relacionada con este tema y contéstala con un ensayo de tres párrafos.

El periódico universitario. Tienes que escribir un artículo para el periódico universitario durante el Mes de la Herencia Hispana. Decides hablar del personaje de César Chávez y escribir un ensayo sobre sus contribuciones a la situación de los hispanos en los Estados Unidos. Haz una pregunta y contéstala con un ensayo de tres párrafos.

Nombre________________________ Fecha______________ Clase________________

CAPÍTULO 9 La educación

Ejercicios de laboratorio

Vocabulario CD5, Track 2

You will hear part of an interview.

Indicate whether the following statements are true or false by marking either **V (verdadero)** or **F (falso)** in your lab manual. You will hear each statement twice.

1. V F

2. V F

3. V F

4. V F

Diálogo CD5, Track 3

Listen to the following conversation.

You will now hear some incomplete sentences, each followed by three possible completions. Choose the most appropriate completion and circle the corresponding letter in your lab manual. You will hear each sentence and its possible completions twice. Now begin.

1. a b c

2. a b c

3. a b c

4. a b c

5. a b c

6. a b c

Now repeat the correct answers after the speaker.

Estructura

A. The subjunctive after adverbial conjunctions of purpose or proviso CD5, Track 4

Restate each sentence, changing the verb after the conjunction as indicated. Then, repeat the correct answer after the speaker.

Modelo No te gradúas sin que estudies.
trabajar
No te gradúas sin que trabajes.
saber estas cosas
No te gradúas sin que sepas estas cosas.

1. ____

2. ____

3. ____

4. ____

Nombre ______________________ Fecha ______________ Clase ______________

B. Sequence of tenses with adverbial conjunctions of purpose or proviso CD5, Track 5

In each sentence you will hear, change the verb to the past tense. Then, repeat the correct answer after the speaker.

Modelo Vamos a explicarlo bien, de modo que ellos nos entiendan.
Íbamos a explicarlo bien, de modo que ellos nos entendieran.

1. ______________________
2. ______________________
3. ______________________
4. ______________________
5. ______________________

C. Formation of adverbs ending in *-mente* CD5, Track 6

Following the model, give the adverbial form of each adjective you hear. Then, repeat the correct answer after the speaker.

Modelo Él hizo la tarea fácilmente.
rápido
Él hizo la tarea rápidamente.

1. ______________________
2. ______________________
3. ______________________

D. More on adverbs CD5, Track 7

Change the adverbial expressions in the sentences you will hear from the construction with **con** to the form ending in **-mente.** Then, repeat the correct answer after the speaker.

1. ______________________
2. ______________________
3. ______________________
4. ______________________
5. ______________________

E. Comparisons of equality CD5, Track 8

Following the model, combine the two sentences by using a comparison of equality. Then, repeat the correct answer after the speaker.

Modelo María tiene dos libros. Elena tiene dos también.
María tiene tantos libros como Elena.

1. ______________________________
2. ______________________________
3. ______________________________
4. ______________________________
5. ______________________________

F. Comparisons of inequality CD5, Track 9

Following the model, combine the two sentences by using a comparison of inequality with **más.** Then, repeat the correct answer after the speaker.

Modelo Yo tengo algún dinero. Roberto tiene más dinero.
Roberto tiene más dinero que yo.

1. ______________________________
2. ______________________________
3. ______________________________
4. ______________________________
5. ______________________________

G. Regular and irregular comparison of adjectives CD5, Track 10

Repeat each sentence you hear, changing the comparison to give the opposite idea. Then, repeat the correct answer after the speaker.

Modelo Pablo es el muchacho más inteligente de la clase.
Pablo es el muchacho menos inteligente de la clase.

1. ______________________________
2. ______________________________
3. ______________________________
4. ______________________________
5. ______________________________
6. ______________________________
7. ______________________________
8. ______________________________
9. ______________________________
10. ______________________________

Nombre ______________________ Fecha ____________ Clase ______________

H. The absolute superlative of adjectives and adverbs CD5, Track 11

Following the model, give the absolute superlative of the adjective or adverb. Then, repeat the correct answer after the speaker.

Modelo Es un joven muy rico.
Es un joven riquísimo.

1. ______________________________
2. ______________________________
3. ______________________________
4. ______________________________
5. ______________________________

Ejercicio de comprensión CD5, Track 12

You will now hear three short passages, followed by several true-false statements each. Listen carefully to the first passage.

Indicate whether the following statements are true or false by circling either **V (verdadero)** or **F (falso)** in your lab manual. You will hear each statement twice.

1. V F
2. V F
3. V F

Listen carefully to the second passage.

Now circle either **V** or **F** in your lab manual.

4. V F
5. V F
6. V F
7. V F
8. V F
9. V F

Listen carefully to the third passage.

Now circle either **V** or **F** in your lab manual.

10. V F
11. V F
12. V F

Nombre ____________________ Fecha ____________ Clase ____________

Actividades de gramática

A. The subjunctive in adverbial clauses (2)

1. You and your friends are making plans for the future. You are confident that they will be realized provided that certain conditions exist. Express the plans below, then add three new ideas of your own.

Modelo Yo / graduarse este año / con tal que / mis profesores darme notas buenas
Yo me graduaré este año, con tal que mis profesores me den notas buenas.

1. tú / hacer un posgrado / a menos que / la universidad no darte una beca

   ____

   ____

2. Miguel / presentar su trabajo fin de carrera / con tal que / su director aprobarlo

   ____

   ____

3. Margarita / hacer prácticas este verano / con tal que / la oficina de abogados de su padre tener suficiente trabajo

   ____

   ____

4. Tomás y Ricardo / enseñar en España después de graduarse / siempre que / el programa aceptarlos

   ____

   ____

5. Nosotros / seguir estudiando / a menos que / la mala fortuna impedírnoslo

   ____

   ____

6. ______________________________

   ____

7. ______________________________

   ____

8. ______________________________

   ____

Nombre ______________________ Fecha ____________ Clase ______________

2. Complete with the correct form of the verb in parentheses, using either the indicative or the subjunctive mood as required by the meaning of the sentence.

1. Queremos terminar la investigación este mes aunque nos (tener) ______________ que esforzar mucho.
2. Claudia va a prestarle su libro, en caso de que él no (poder) ______________ encontrar el suyo.
3. Él trató de contestar la pregunta aunque no (saber) ______________ la respuesta.
4. Fuimos a la librería para que Juan (comprar) ______________ un diccionario de español.
5. El profesor habló despacio, de modo que todos lo (entender) ______________.
6. Aunque él nunca (estudiar) ______________, lo sabe todo.
7. Iremos a la biblioteca aunque los exámenes ya (haberse) ______________ acabado.
8. Escribió las palabras en su cuaderno, de modo que no las (olvidar) ______________.
9. Lo leeré aunque no (ser) ______________ interesante.
10. La profesora se metió en su oficina de manera de que nadie la (ver) ______________.

3. Using verbs such as **saber, oír, ver,** and **mirar** with the adverbial conjunction **sin que,** list four things that you will do in Spanish class today without the knowledge of the professor.

Modelo *Yo entraré tarde a clase hoy sin que el profesor me vea.*

1. ______________________________
2. ______________________________
3. ______________________________
4. ______________________________

B. Adverbs

1. Complete the following sentences, following the model.

Modelo *Carlos es rápido; por eso hace la tarea* <u>*rápidamente*</u>.

1. Elena es cariñosa; por eso me trata ______________.
2. Raúl es feliz; por eso canta ______________.
3. Alicia es elegante; por eso se viste ______________.
4. Susana es cortés; por eso se comporta ______________.
5. Jorge es serio; por eso escribe ______________.
6. José es triste; por eso habla ______________.
7. Luz María es paciente; por eso nos ayuda ______________.
8. Víctor es cuidadoso; por eso trabaja ______________.

Nombre_______________ Fecha_______________ Clase_______________

2. Using adverbs that you know, make compliments to give to Spanish-speaking friends in the following situations.

Modelo (to a friend who studies hard in school)
Tú estudias seriamente. Saldrás bien en el examen.

1. (to a friend who can run rapidly)

____

2. (to a friend who speaks English clearly)

____

3. (to a friend who treats children affectionately)

____

4. (to a friend who dresses elegantly)

____

5. (to a friend who works diligently)

____

6. (to a friend who learns easily)

____

C. Comparisons and superlatives

1. Your friend Alicia is exaggerating her abilities. You correct her each time.

Modelo ALICIA: Yo canto mejor que Plácido Domingo.
TÚ: *No, no es verdad. Tú cantas peor que él.*

1. ALICIA: Yo soy más inteligente que Einstein.
   TÚ: _______________
2. ALICIA: Yo actúo menos impulsivamente que mi hermano.
   TÚ: _______________
3. ALICIA: Yo toco la guitarra mejor que Carlos Santana.
   TÚ: _______________
4. ALICIA: Yo estudio tanto como tú.
   TÚ: _______________
5. ALICIA: Yo soy tan rica como el empresario Carlos Slim.
   TÚ: _______________

Nombre ______________________ Fecha ______________ Clase ______________

2. Complete in a logical way using a noun, and adjective or an adverb, and a comparative word when appropriate.

Modelo Consuelo tiene tantos ______ yo.
Consuelo tiene años como yo.

1. La profesora tiene tanto ______________________ los estudiantes.
2. Mi hermano es tan ______________________ el profesor.
3. El libro es más ______________________ la película.
4. Mi prima es sumamente ______________________.
5. Cervantes escribió la mejor ______________________.
6. Esta composición es ______________________ la mía.

3. For each category below, write a sentence using the superlative and indicating a person or thing that fits into the category. Your opinions may be either complimentary or critical.

Modelo un buen actor
Gael García Bernal es el mejor actor del cine mexicano.

-o- *Gael García Bernal es el peor actor del cine mexicano.*

1. un libro aburrido

____

2. una carrera con oportunidades

____

3. una clase interesante

____

4. una película entretenida

____

5. una mala actriz

____

6. un artista complejo

____

7. un buen escritor

____

8. una universidad prestigiosa

____

Nombre_______________ Fecha_______________ Clase_______________

Actividades creativas

A. Estudiar en el extranjero

Every year, an international organization offers college students scholarship opportunities to study abroad in Spain. You have decided to apply for one of the grants. Complete the following.

SOLICITUD DE BECA

Nombre completo: _______________

Edad: _______________

Nacionalidad: _______________

Datos académicos: _______________

____

Descripción personal (máx. 30 palabras): _______________

____

Metas académicas y profesionales (máx. 50 palabras): _______________

____

____

La razón por la cual quieres estudiar en España (máx. 50 palabras): _______________

____

____

B. Semejanzas y diferencias

Based on the knowledge you have developed about the different Hispanic cultures, prepare a list of five similarities and five differences that United States has with one of the Latin American countries/cultures. Use comparatives and superlatives in your description.

Semejanzas:

1. _______________
2. _______________
3. _______________
4. _______________
5. _______________

Nombre__________ Fecha__________ Clase__________

Diferencias:

1. __________
2. __________
3. __________
4. __________
5. __________

C. Consejos útiles

You are working as an intern for an organization that sends students from Latin America to study in the United States. Based on what you have learned about the educational system in the Hispanic world and your own knowledge of the U.S. educational system, prepare a blog entry to post in the organization's website that would offer useful information to future Latin American students coming to the United States for an academic year.

¿Vas a estudiar en los Estados Unidos el próximo año?

Nombre________________ Fecha__________ Clase__________

El arte de escribir

El reportaje. El reportaje es un escrito de tipo informativo sobre un tema de interés o actualidad que ofrece la perspectiva personal del autor y en ocasiones otros puntos de vista alternativos. El reportaje narra sucesos y noticias, o investiga un tema científico, deportivo, económico, político, sociológico. El reportaje ofrece información más detallada que la noticia y a veces la información está apoyada por entrevistas o datos resultantes de un estudio o encuesta relacionado con el tema. Las características formales de un buen reportaje son el uso de un lenguaje claro y simple, adecuado al público al que va dirigido el reportaje y la inclusión de palabras clave relacionadas con el tema que se está presentando. La estructura típica de un reportaje es la siguiente:

- **La introducción** que trata de captar la atención del lector o del oyente con titulares sugerentes y enfáticos.
- **El desarrollo** que puede ser realizado por temas, ofreciendo distintas perspectivas, o por elementos de investigación, ofreciendo la información y resultados del estudio realizado.
- **El sumario** que presenta un breve resumen de las ideas principales del reportaje.

Temas. Escribe un reportaje para uno de los siguientes temas.

El acceso a la educación en los Estados Unidos. Basándote en tus propias experiencias y consultando investigaciones realizadas por expertos en este tema, prepara un reportaje sobre el estado de la educación en los Estados Unidos. Habla de las condiciones que limitan el acceso a la educación, incluye datos estadísticos que aludan al estatus socioeconómico, las diferencias de género y etnia, y la inmigración, y presenta distintas perspectivas sobre el tema.

¿Cómo está influyendo la tecnología en la educación? Basándote en tus propias experiencias y consultando investigaciones realizadas por expertos en este tema, prepara un reportaje sobre la influencia de las nuevas tecnologías en la educación de los niños, de los adolescentes o de los adultos. Habla de los puntos positivos y negativos que se derivan de esta influencia, incluye datos estadísticos relacionados con el tema y una variedad de puntos de vista.

Nombre______________________ Fecha______________ Clase______________

CAPÍTULO 10 La vida urbana

Ejercicios de laboratorio

Vocabulario CD5, Track 13

You will hear six statements. Decide whether they are logical or illogical by marking either **L (lógico)** or **I (ilógico)** in your lab manual. You will hear each statement twice.

1. L I
2. L I
3. L I
4. L I
5. L I
6. L I

Diálogo CD5, Track 14

Listen to the following conversation.

You will now hear some incomplete sentences, each followed by three possible completions. Choose the most appropriate completion and circle the corresponding letter in your lab manual. You will hear each sentence and its possible completions twice. Now begin.

1. a b c
2. a b c
3. a b c
4. a b c
5. a b c
6. a b c

Now repeat the correct answers after the speaker.

Estructura

A. *If*-clauses: contrary-to-fact statements CD5, Track 15

Change the sentence you hear to make it express an idea that is contrary to fact. Then, repeat the correct answer after the speaker.

Modelo Si está en el café, lo veremos.
Si estuviera en el café, lo veríamos.

1. ______________________________
2. ______________________________
3. ______________________________
4. ______________________________
5. ______________________________
6. ______________________________
7. ______________________________

Nombre______________________ Fecha______________ Clase______________

B. *If*-clauses: hypothetical or doubtful statements CD5, Track 16

Restate each sentence following the cues provided to indicate that the statement is hypothetical or doubtful. Then, repeat the correct answer after the speaker.

Modelo Si pudiera, iría en tren.
tener el tiempo

Si tuviera el tiempo, iría en tren.

hacer mal tiempo

Si hiciera mal tiempo, iría en tren.

1. ______________________________
2. ______________________________
3. ______________________________

C. *Como si* CD5, Track 17

Restate the following sentences using the phrase **como si.** Then, repeat the correct answer after the speaker.

Modelo Habla como estudiante, pero no lo es.
Habla como si fuera estudiante.

1. ______________________________
2. ______________________________
3. ______________________________
4. ______________________________

D. Verbs used with prepositions CD5, Track 18

In each sentence, substitute the correct form of the verb you are given and add a preposition before the following infinitive if one is required. Then, repeat the correct answer after the speaker.

Modelo Quiero visitarlos en la ciudad.
pensar

Pienso visitarlos en la ciudad.

volver

Vuelvo a visitarlos en la ciudad.

1. ______________________________
2. ______________________________
3. ______________________________
4. ______________________________

E. Diminutives and augmentatives CD5, Track 19

Restate each sentence you hear using a diminutive with **-ito** or an augmentative with **-ón** to communicate a similar idea. Make the endings agree with the noun. Then, repeat the correct answer after the speaker.

Modelo Pepe es un perro pequeño.
Pepe es un perrito.

1. ______________________________
2. ______________________________
3. ______________________________
4. ______________________________
5. ______________________________
6. ______________________________
7. ______________________________

F. *Pero, sino,* and *sino que* CD5, Track 20

Combine the two sentences you will hear into one sentence using **pero, sino,** or **sino que.** Then, repeat the correct answer after the speaker.

Modelo Carlos me ha invitado. No quiero ir.
Carlos me ha invitado, pero no quiero ir.

Mi hermana no es maestra. Es abogada.

Mi hermana no es maestra, sino abogada.

1. ______________________________
2. ______________________________
3. ______________________________
4. ______________________________
5. ______________________________
6. ______________________________
7. ______________________________
8. ______________________________
9. ______________________________
10. ______________________________

Nombre________________________ Fecha______________ Clase________________

Ejercicio de comprensión CD5, Track 21

You will now hear three short passages followed by several true-false statements each. Listen carefully to the first passage.

Indicate whether the following statements are true or false by circling either **V (verdadero)** or **F (falso)** in your lab manual. You will hear each statement twice.

1. V F

2. V F

3. V F

4. V F

Listen carefully to the second passage.

Now circle either **V** or **F** in your lab manual.

5. V F

6. V F

7. V F

8. V F

9. V F

Listen carefully to the third passage.

Now circle either **V** or **F** in your lab manual.

10. V F

11. V F

12. V F

13. V F

14. V F

15. V F

Actividades de gramática

A. *If*-clauses

1. Complete with the correct subjunctive or indicative form of the verb in parentheses.

1. Si todos (cuidar) _______________ la ciudad, estaría más limpia.
2. Si yo (poder) _______________ vender mi automóvil, iría en bicicleta a todas partes.
3. Si no (haber) _______________ transporte público en la zona, los vecinos deberían pedirlo.
4. Si la gente no (fumar) _______________ tanto, no habría tantas colillas *(cigarette butts)* en la calle.
5. Si (haber) _______________ más parques en la ciudad, la gente tendría mejor calidad de vida.
6. El alcalde habla como si (conocer) _______________ los problemas del barrio.
7. Si las personas (utilizan) _______________ más el transporte público, la contaminación del aire disminuiría.
8. Si Omar (atravesar) _______________ el centro a pie, llegaría tarde.
9. Si los investigadores (indagar) _______________ más, encontrarían formas sostenibles de energía alternativa aplicables a los centros urbanos.
10. Si nosotros (haber) _______________ sabido que hoy era el "Día sin carro", no habríamos manejado al trabajo.
11. Lola habló como si (saber) _______________ donde estaban los lugares más interesantes de la ciudad.
12. Si yo (tener) _______________ tiempo, aprovecharía más la agenda cultural de la capital.
13. Si el museo (estar) _______________ abierto, iríamos a visitarlo.
14. Elías es muy cosmopolita y si él (poder) _______________, viviría en una gran ciudad.
15. Yo prefiero la tranquilidad del campo y si (haber) _______________ podido, habría comprado una casa cerca del lago.

2. You have just arrived in Mexico City. Describe what you hear and see.

Modelo *El policía habla como si lo supiera todo.*

1. Los taxistas manejan como si _______________.
2. Los vendedores gritan como si _______________.
3. Los hombres de negocios andan como si _______________.
4. Los niños juegan en el parque como si _______________.
5. Las mujeres se hablan como si _______________.
6. Los mariachis tocan como si _______________.

Nombre_______________ Fecha_______________ Clase_______________

3. Tell when or under what conditions you would do the following.

Modelo estudiar día y noche
Yo estudiaría día y noche si hubiera un examen en esta clase.

1. vivir en el centro de la ciudad
____
2. vivir en las afueras de la ciudad
____
3. viajar por el mundo
____
4. estudiar otras lenguas
____
5. ir todas las semanas al museo
____
6. ir con más frecuencia al cine
____
7. mostrar más interés en la política local
____
8. participar en movimientos activistas
____

B. Verbs followed by a preposition

1. Complete with a preposition when needed.

1. Su hermanito insistió _______ ir al cine con nosotros.
2. La comida consistió _______ algunos platos típicos de España.
3. Tenemos que conformarnos _______ las leyes de la universidad.
4. Me encargo _______ hacer el itinerario para el viaje.
5. Sus amigos siempre se burlan _______ Felipe.
6. Roberto tardó mucho _______ terminar sus estudios.
7. Podemos _______ ir a la playa con ellos.
8. Nuestro primo sabe _______ nadar bien.
9. Queremos aprender _______ hablar bien el español.
10. Los hombres se acercaron _______ la plaza.
11. Todos deben fijarse _______ la arquitectura de ese edificio.
12. Ella se preocupa mucho _______ sus estudios.
13. El matón dejó _______ caer la pistola al suelo.
14. Vamos _______ mudarnos a la capital.
15. Todo depende _______ la decisión del presidente.

2. A friend asks you the following questions. First, complete them with the appropriate prepositions; then, answer them.

1. ¿Cuándo comenzaste __________ estudiar el español?

   ____

2. ¿Por lo general cuánto tardas __________ completar las tareas de español?

   ____

3. ¿Qué acabas __________ leer en la clase de español?

   ____

4. ¿Qué ciudad hispánica sueñas __________ visitar algún día?

   ____

5. ¿Cuándo vas a dejar __________ estudiar español?

   ____

C. Diminutives and augmentatives

1. Complete each of the following sentences with the equivalent diminutive or augmentative of the words in parentheses. Use the **-ito(-a), -cito(-a), -ecito(-a)** diminutive endings and the **-ón(-ona)** augmentative endings in this exercise.

1. Vivimos en un *(apartamento pequeño)* ________________.
2. Unos *(chicos jóvenes)* ________________ hacían botellón en el parque.
3. Compraron unos libros antiguos en la *(plaza pequeña)* ________________ detrás del ayuntamiento.
4. Solo quiso un *(pedazo pequeño)* ________________ de tarta.
5. Su mejor amiga es su *(perra pequeña)* ________________.
6. Quiero hacer un (*viaje corto*) ________________ al campo este fin de semana.
7. Han plantado *(flores pequeñas)* ________________ por todas las avenidas de la ciudad.
8. Su *(hijo pequeño)* ________________ está con su *(querida abuela)*

   ________________ pasando el verano en el pueblo.
9. El *(hombre grande)* ________________ les dijo a los (chicos pequeños)

   ________________ que no hicieran tanto ruido.
10. Nuestra vecina es una *(mujer grande)* ________________ muy simpática.

Nombre________________ Fecha________ Clase________

2. Think about a city you have visited. Answer the questions about this city using diminutives and augmentatives.

1. ¿De qué tamaño era? ¿Pequeña o muy grande?

___

2. ¿Viste a alguien que te llamó la atención? ¿Cómo era?

___

3. ¿Qué tipo de vehículos viste? ¿Por dónde andaban?

___

4. ¿Entraste a algún edificio? ¿Qué había adentro?

___

Actividades creativas

A. Poema de cinquain

What do you think of the urban life? Express your ideas in a poem of five verses called *cinquain*. Please follow these guidelines to write your poem.

- Primera línea: un sustantivo relacionado con la vida urbana
- Segunda línea: dos adjetivos que describan la vida urbana
- Tercera línea: tres verbos terminados en -ando/-iendo
- Cuarta línea: una frase de cuatro palabras
- Quinta línea: un sinónimo de la primera línea

La vida urbana

____

____

____

____

____

B. Una escena dramática

Luisa Crespo would like to move to the city but her husband, Juan Antonio, prefers the quite life of the rural town where they live. Write a dialogue between Luisa and Juan Antonio. Who would win the negotiation?

Modelo *LUISA: Amorcito, si viviéramos en una ciudad grande, asistiríamos al teatro todas las noches...*

____

____

____

____

____

____

____

____

____

____

El arte de escribir

La síntesis. En una síntesis se combinan tus ideas y observaciones con las de otras personas o fuentes informativas. La síntesis debe empezar con una **tesis**, que establece un punto de vista claro y definido en respuesta a una pregunta determinada. El resto de la síntesis presenta información procedente de varias fuentes, las cuales ayudan a apoyar tu tesis o a justificar tu opinión. A continuación te presentamos una lista de frases útiles que puedes utilizar para referirte a las distintas fuentes.

FRASES PARA INTRODUCIR CITAS

según...

en el criterio de...

a juicio de...

tal como... lo ha afirmado

recapitulando lo que sostiene...

Situaciones. Escribe una síntesis para una de las situaciones siguientes. Incorpora una o dos frases de la lista de arriba.

La globalización y el urbanismo. ¿Cómo ha influido la globalización en el aspecto de las ciudades? ¿Qué cambios se han observado en las ciudades como resultado de los movimientos globales de personas, tendencias culturales y formas de vida? ¿Existe alguna relación entre la globalización y la pobreza urbana?

El aislamiento. Piensa en dos cuentos que hayas leído que traten sobre el aislamiento (*isolation*). Compara y contrasta esos dos cuentos en un ensayo breve para tu blog titulado “Rincón literario”.